भैंस पालन

डॉ सतीश चन्द्र चोपड़ा
एवं
डॉ सतीश कुमार जिन्दल
केन्द्रीय भैंस अनुसंधान संस्थान
हिसार

भाकृअनुप
ICAR

कृषि ज्ञान प्रबंध निदेशालय
भारतीय कृषि अनुसंधान परिषद
कृषि अनुसंधान भवन–I, पूसा
नई दिल्ली-110 012

प्रकाशन : अप्रैल 2000
प्रथम पुनर्मुद्रण : सितम्बर 2003
द्वितीय पुनर्मुद्रण : मई 2011
तृतीय पुनर्मुद्रण : दिसंबर 2013
चतुर्थ पुनर्मुद्रण : अगस्त 2014
पंचम पुनर्मुद्रण : मई 2016
छठा पुनर्मुद्रण : सितम्बर 2025

परियोजना निदेशक : डॉ अनुराधा अग्रवाल
संपादक, हिन्दी सम्पादकीय एकक : सुनीता अरोड़ा
प्रभारी, उत्पादन एकक : पुनीत भसीन

आई.एस.बी.एन. : 978-81-7164-104-8

मूल्य : 200.00 रुपये

डॉ अनुराधा अग्रवाल, परियोजना निदेशक, कृषि ज्ञान प्रबंध निदेशालय, पूसा कैम्पस, नई दिल्ली–110012 द्वारा भारतीय कृषि अनुसंधान परिषद्, नई दिल्ली के लिए प्रकाशित तथा मै. एजुकेशनल स्टोर्स, एस–5, बुलंदशहर रोड इण्डस्ट्रीएल एरिया, साईट–1, गाजियाबाद 201009

प्रस्तावना

प्रस्तुत पुस्तक **'भैंस पालन'** भैंस औद्योगिक आधारभूत पहलुओं तथा अनुसंधान सूचनाओं पर आधारित हिन्दी भाषा में प्रथम प्रयास है। यह पुस्तक भैंस से सम्बन्धित सभी विषयों को एक आसान तथा प्रभावी रूप में प्रस्तुत करने का प्रयास है। जैसा कि सर्वविदित है कि विश्व में 14 करोड़ भैंसें पाई जाती हैं जो कि मुख्यतः भारत, पाकिस्तान, चीन, थाईलैण्ड, मिस्र, फिलीपीन्स तथा वियतनाम जैसे विकाशील देशों में पाई जाती है। थोड़ी–बहुत भैंसें विकसित देशों में भी पहुंच गई हैं, परन्तु उनकी संख्या नगण्य है। हिन्दी में प्रथम पुस्तक होने के कारण प्रस्तुत पुस्तक में कुछ कमियां एवं दोष रह जाना स्वाभाविक है। अतः सभी पाठकों से सविनय निवेदन है कि वे पुस्तक की त्रुटियों को दूर करने तथा अधिक उपयोगी बनाने के लिए आवश्यक सुझाव लेखक गण को भेजें। वे सभी व्यक्ति धन्यवाद के पात्र हैं जिन्होंने इस पुस्तक लेखक के दौरान अपना सहयोग सहर्ष प्रदान किया। विशेष रूप से डा. अरविन्द कुमार, दलीप लाल, प्रेम सिंह यादव, एस.एन कौशिक, वी.एन. त्रिपाठी, श्रीमती साधना जिन्दल, श्रीमती राज कुमारी चोपड़ा का सहयोग उल्लेखनीय है। हम रैफरी के भी अत्यन्त आभारी हैं जिसने अमूल्य सुझावों से हमें अनुग्रहित किया। आशा है कि यह पुस्तक वैज्ञानिकों, अध्यापकों तथा कृषि विश्वविद्यालयों के छात्रों एवं भैंस पालकों के लिए उपयोगी सिद्ध होगी। पांडुलिपि और टंकण के लिए श्रीमती मीरा तथा श्रीमती सुमन धन्यवाद के पात्र हैं।

हमें प्रसन्नता है कि 'दीपा' के कर्मचारियों के सहयोग से इस नई शताब्दी की शुरूआत में पुस्तक आपके हाथ में है।

डा. सतीश चन्द्र चोपड़ा
डा. सतीश कुमार जिन्दल
केन्द्रीय भैंस अनुसंधान संस्थान
हिसार

विषय सूची

अध्याय 1

विश्व अर्थव्यवस्था में भैंस का योगदान

पशुधन का मुख्य योगदान मानव भोजन में खाद्यानों तथा दालों से प्राप्त प्रोटीन, ऊर्जा, विटामिन तथा खनिज लवणों में वृद्धि तथा सहयोग देना है। पशु अपने लिए प्रोटीन तथा ऊर्जा की मात्रा प्रायः ऐसे स्रोत से प्राप्त करते हैं जो प्रत्यक्ष रूप से मानव पोषण में परिवर्तित नहीं की जा सकती है (जैसे घास, फूस, कृषि उद्योगों के उपोत्पाद, यूरिया तथा अन्य गैर प्रोटीन नाइट्रोजन के स्रोत)।

मानव सभ्यता के विकास में मानव तथा पशु के आपसी सहयोग का अत्यंत महत्वपूर्ण योगदान रहा है। ऐसा कहा जाता है कि पृथ्वी, जल, वायु, वनस्पति और पशु ही किसी राष्ट्र की वास्तविक सम्पत्ति होते हैं। ऐसा समझा जाता है कि जानवरों का पृथ्वी पर पदार्पण मानव जाति से काफी पहले हुआ, प्रोसीमियन्स (Prosimians) जो कि सबसे पहले मानव वंशज कहे जा सकते हैं, का उद्भव सात करोड़ साल पहले पेड़ों पर माना जाता है। बन्दर तथा आदिमानव करीब चार करोड़ साल पहले इस पृथ्वी पर जन्मे थे। सही दृष्टि में पहला मानव जिसे होमोइरेक्टस कहते हैं, करीब पन्द्रह लाख साल पहले इन्डोनेशिया एवं अफ्रीका के जंगलों में पाया गया।

जानवरों को पालतू बनाये जाने का इतिहास अपितु इतना पुराना नहीं है। कुत्ता (जिसे मानव ने सबसे पहले पालतू बनया) समझा जाता है कि पन्द्रह हजार साल पहले उस जगह पर जिसे आधुनिक इराक कहा जाता है इसके पालतू होने के प्रमाण मिलते हैं। भेड़ और बकरियों को करीब आठ हजार सात सौ वर्ष पूर्व पालतू बनाया गया। वे स्थान आधुनिक ईरान और यूनाइटेड अरब अमीरात के नजदीक समझे जाते हैं।

वास्तव में जानवरों का पालतू बनाया जाना उससे भी पुराना है जबकि मानव जाति ने फसलों को बोना तथा काटना शुरू किया। गाय एवं शूकर को छः हजार साल ईसा पूर्व पालतू बनाया गया। सम्भवत् पालतू बनाये जाने से पूर्व इन जानवरों का आदि मानव द्वारा शिकार किया जाता था। भारत में लोग पशुपालन 2000 ई0 पू0 करते थे। मक्खन तथा घी का उपयोग पूजा अर्चना में किया जाता रहा है।

महाभारत में भी कुछ ऐसे उल्लेख हैं जिनसे ज्ञात होता है कि गाय तथा बैल बहुमूल्य सम्पत्ति माने जाते थे। गीता में दिये गए उदाहरण से यह स्पष्ट है।

भगवान श्री कृष्ण ने अर्जुन से कहा :

"हे अर्जुन ! गोधन संसार में अति उत्तम एवं पवित्र है; क्योंकि बिना दही और घी के कोई यज्ञ पूर्ण नहीं हो सकता है। गोधन अपने दूध, घी, दही, खाल, चमड़ी तथा हड्डियों, बालों एवं सींगों के द्वारा हमारे लिए उपयोगी है।

हे पार्थ ! मेरी दृष्टि में गोधन से उत्तम कोई धन नहीं है। गोधन वस्तुतः आर्थिकता की आधारशिला है........''

हाथी, मुर्गी तथा भैंस का पालतू बनाया जाना केवल दो हजार तीन सौ ईसा पूर्व पुराना है। इस बात का प्रमाण सिन्धु घाटी की खुदाई में मिली वस्तुओं से चलता है। अतः यह निष्कर्ष निकाला जा सकता है कि जानवरों को पालतू बनाये जाने का इतिहास काफी पुराना है।

जानवरों को पालतू बनाया जाना इस बात पर निर्भर करता था कि वे मानव जाति के लिए कितना दूध, मांस, ऊन, खाल आदि दे सकते थे अथवा बोझा ढोने और साथ देने का काम करते थे। संसार भर में जो डेयरी उद्योग चल रहा है वह भैंस, गाय, बकरी, भेड़ तथा ऊंट इत्यादि के दूध उत्पादन क्षमता पर निर्भर करता है। इन जानवरों की मादा अपने बच्चों की पोषण आवश्यकता से अधिक दूध बनाती है जो मानव द्वारा अपने प्रयोग के लिए ले लिया जाता है। यह अतिरिक्त दूध काफी पौष्टिक होता है तथा मनुष्य और बच्चों के लिए काफी लाभकारी होता है। संसार में अधिकतम दूध गाय से प्राप्त किया जाता है, परन्तु कुछ देशों में भैंस, बकरी तथा भेड़ मुख्य दुग्ध उत्पादक पशु हैं। मानव ने इन जानवरों का सदियों से ऐसा चयन किया है कि वे अधिक दूध दे सकें। इस लम्बे चयन का यह परिणाम निकला है कि इन जानवरों की कुछ खास–खास नस्लें बन गयी हैं। ये नस्लें अपने गुणों के लिए विश्व भर में ख्याति प्राप्त करती रही है। जैसे कि भैंसों की मुर्रा और गायों की **हाल्स्टीन फ्रिजियन** नस्लें अपने दूध देने के गुणों के कारण विश्व विख्यात हैं। कुछ जानवरों को खेती के काम के लिए और लड़ाई में प्रयोग के लिए भी प्रशिक्षित किया गया तथा इनकी भी कुछ खास नस्लें बन गयीं। इस कार्य में गाय भैंस और घोड़ों की नस्लें प्रमुख हैं जैसे कि भैसों की **दलदलीय** नस्ल, गायों की **हरियाणा ओंगोल** तथा **खिल्लरी**। ऐसा समझा जाता है कि शुरू–शुरू में जानवरों का चयन लड़ाई और खेत में काम आने की क्षमता के अलावा उनसे भोजन प्राप्त करने की क्षमता पर भी निर्भर करता था।

ऐसी मान्यता रही है कि जहां पशुओं की देखभाल होती, वहां अर्थव्यवस्था उन्नति करती है। पशुओं से प्राप्त गोबर, ईंधन तथा कृषि उर्वरक के रूप में महत्वपूर्ण योगदान देता है। पशु कृषि ऊर्जा का एक बहुत बड़ा स्रोत रहा है। यद्यपि ट्रैक्टरों के अधिक उपयोग से यह दर घट रही है, परन्तु वर्तमान तथा भविष्य में भी काफी समय तक ह दर महत्वपूर्ण रहेगी। पशु भूमि को जोतने, गुड़ाई करने, फसल काटने, पानी निकालने, अनाज निकालने तथा अनाज को मण्डियों में ले जाने तक के सभी कार्यों में उपयोग में लाये जाते हैं।

पशुओं को उनके महत्वपूर्ण योगदान के कारण पूजा जाता था। अनेक प्राचीन मन्दिरों तथा गुफाओं में बने शिला चित्र और पाये जाने वाली मूर्तियां इस बात का संकेत देती है कि पशु मानव जीवन के साथ कितने गहन रूप से जुड़े हैं। पशु–पक्षियों की महत्ता का वर्णन अनेक लोक कथाओं तथा किवदंतियों में किया गया है। किसान के लिए भूमि

के बाद पशु ही उसका सबसे मूल्यवान धन है। भारत में तो गाय को माता का स्थान दिया गया है। गोवर्धन को प्रोत्साहन करने के लिए गो वध का निषेध किया गया है। वेदों तथा उपनिषदों में भी पशुओं की महिमा का पूरा-पूरा वर्णन किया गया है। महाभारत तथा रामायण में भी विभिन्न युद्धों के वर्णन में पशुओं के योगदान का उल्लेख किया गया है। बाईबल में भी मानव जाति के विकास में पशुओं का महत्वपूर्ण योगदान उल्लेखित है।

भैंस का उल्लेख अनेक दंत परिकथाओं तथा प्राचीन ग्रंथों में मिलता है। अनेक लोकगीत जिनमें भैंस से प्राप्त लाभ उल्लेखित हैं सुनने को मिलते हैं। पोलीक्रोनोव (1984) ने बुल्गारिया में भी ऐसे लोकगीत तथा दंत कथाओं का उल्लेख किया है जिनमें लोगों का भैंस के प्रति प्यार तथा अहसान या कृतज्ञता का उल्लेख है।

अभी भी ग्रामीण क्षेत्रों में किसान के पास अधिक गौ पशु विशेषकर भैंस का होना उसकी समृद्धि का प्रतीक माना जाता है। इन पशुओं से मिलने वाला दूध तथा घी न केवल परिवार के लिए अच्छे स्वास्थ्य का कारण बनता है बल्कि अतिरिक्त आय का स्रोत भी है जो कि परिवार की शिक्षा और अन्य आवश्यकताओं को पूर्ण करने में सहयोगी सिद्ध होती है।

यद्यपि यह बिल्कुल सही से ज्ञात नहीं है कि भैंसों का उद्भव अथवा पालतू बनाया जाना सबसे पहले कब हुआ था परन्तु सिंधु घाटी की सभ्यता से मिले अवशेषों से यह पता चलता है कि भैंस भारत में करीब 4000 साल पहले अवश्य पाई जाती थीं। सिंधु घाटी की खुदाई में ऐसे सिक्के तथा मोहरें मिली हैं जिन पर भैंस के चित्र अंकित है। इराक में भी इसी काल से सम्बन्धित अवशेषों में भैंस के वहां पाये जाने के संकेत मिलते हैं। विशेषज्ञों का अनुमान है कि उस समय में भैंस दूध तथा मांस के लिए रखी जाती थी तथा भैंस से बोझा ढोने का काम बाद में शुरू किया गया।

पंजाब में भैंस को मझ कहा जाता है। लोक कथाओं में भूरी मझ को परिवार के सुख तथा समृद्धि का प्रतीक माना जाता है। पंजाब और हरियाणा के लोग अपने लम्बे कद तथा उत्तम स्वास्थ्य के लिए विश्व भर में प्रसिद्ध हैं तथा इसके लिए वे भैंस के दूध को श्रेय देते हैं। भैंस का दूध पीना तथा पिलाना समाज में सम्मानित कृत्य माना जाता है। विशिष्ट मेहमानों का स्वागत भैंस के दूध तथा लस्सी से किया जाता है। भैंस का दूध न पीना कमजोरी की निशानी माना जाता है।

भैंस तथा गाय के गोबर को सुखाकर उपले अथवा कंडे बनाये जाते हैं। यह उपले ईंधन का कार्य करते हैं। इन उपलों को बचाकर भण्डार में रखा जाता है ताकि सर्दी तथा वर्षा ऋतु में उपयोग में लाया जा सके। उपले हुक्का पीने तथा दूध को गर्म रखने के लिए विशेष रूप से उपयोगी हैं।

गोबर को गांव से बाहर गड्ढ़ा खोद कर भर लिया जाता है जिससे खाद तैयार की जाती है। यह खाद यद्यपि रासायनिक खाद की तुलना में अच्छी समझी जाती है। परन्तु पर्याप्त मात्रा में उपलब्ध नहीं हो पाती। भारत में खादी तथा ग्रामोद्योग संस्थान गोबर गैस बनाने के प्लांट लगाने को प्रोत्साहन दे रहा है। इस प्रकार प्राप्त गोबर गैस को भोजन

पकाने तथा अन्य उपयोगी कार्यो में प्रयुक्त किया जा सकता है।

भारत तथा विश्व में भैंसों की गणना

भैंसें विश्व के अनेक देशों में, परन्तु बहुलता/बहुतायता से एशिया और अफ्रीका में पायी जातीं हैं। कुछ थोड़ी बहुत भैंस यूरोप के देशों जैसे कि इटली, बुल्गारिया, रोमानिया इत्यादि में भी देखने को मिलती हैं। ये सभी भैंसें थोड़े समय पूर्व ही वहां पर ले जायी गयीं। दक्षिण अमेरिका के देश ब्राजील मे भैंसों की संख्या निरन्तर बढ़ रही है तथा ये वहां के निवासियों के लिए मांस का एक अच्छा स्रोत है। वहां की जलवायु एवं हरे चारे की बहुतायत का परिणाम है कि वहां की भैंसें कम समय में अच्छे डीलडोल वाली हो जाती हैं।

विश्व में 1993 के अनुसार भैंसों की गणना 14.887 करोड़ है और इनमें से लगभग 99.4 प्रतिशत भैंसें प्रगतिशील (विकासशील) देशों में तथा केवल 0.6 प्रतिशत विकसित देशों में पाई जाती हैं जबकि गायों में यह अनुपात 30:70 का है।

सारणी 1.1. विश्व में गाय और भैंसों की संख्या (1991)

	गाय		भैंस	
	गणना	प्रतिशत	गणना	प्रतिशत
विकासशील	397654	30.6	140.084	99.44
विकसित	896951	69.4	774	0.56

स्पष्ट है कि भैंस विकासशील देशों का पशु है। एशिया उपमहाद्वीप भैंसों का प्रमुख केन्द्र है।

सारणी 1.2. विश्व में भैंसों की संख्या उपमहाद्वीपों के अनुसार (हजारों में)

विश्व	1971	1981	1990	1993
अफ्रीका	2060	2370	2550	3036
उत्तरी अमेरिका	–	–	9	9
दक्षिणी अमेरिका	129	542	1234	1551
एशिया	108390	122730	136270	142213
यूरोप	392	440	376	311

भैंसें मुख्यतः एशिया उपमहाद्वीप मे पाई जाती हैं तथा अन्य महाद्वीपों में इनकी संख्या बहुत कम है। विश्व की 96.6 प्रतिशत भैंसें एशिया में ही पाई जाती हैं। भैंस पालन में मुख्य देशों के नाम सारणी 1.3 में दिए गए हैं।

दक्षिण अमेरिका में केवल ब्राजील ही ऐसा देश हैं जहां पर भैंस अधिकतर पाई जाती हैं। यूरोप में भैंस मुख्यतः बुल्गारिया, इटली, रोमानिया तथा युगोस्लाविया में पाई जाती हैं।

सारणी 1.3 भैंस पालन के मुख्य देश (1993)

	संख्या (हजारों में)
विश्व	148876
भारत	78555
चीन	22217
पाकिस्तान	18740
थाईलैंड	4747
इण्डोनेशिया	3452
नेपाल	3073
फिलीपीन्स	2561
मयानमार (वर्मा)	2110
ब्राजील	1646
लाओस	1167
मिस्र	3466

स्रोत : विश्व खाद्य एवम् कृषि संगठन, 1993

आस्ट्रेलिया में जो भैंस पायी जाती हैं वे सभी जंगली हैं तथा उनको फिरल (Feral) कहा जाता है। वे भैंसें वहां पर जाने वाले परदेसियों द्वारा ले जायी गईं थीं, परन्तु वहां पर ये जंगलों में विकसित हुईं।

विश्व खाद्य एवं कृषि संगठन (FAO, 1993) के अनुसार विश्व में 14.7 करोड़ भैंसें हैं जो कि विश्व के 38 देशों में पायी जाती हैं। भारत, चीन तथा पाकिस्तान भैंसों के मुख्य केन्द्र हैं तथा इन तीनों देशों में कुल मिलाकर विश्व की तीन चौथाई भैंसें पायी जाती हैं। ये भैंसें इन देशों में दूध तथा माँस की आपूर्ति करती हैं तथा ग्रामीण क्षेत्रों में बोझा ढोने के काम आती हैं। कुछ देशों में तो भैंसों का योगदान दूध उत्पादन के मामले में गायों से भी बढ़कर हैं। भारत में भैंसों और गायों का अनुपात केवल 1 : 3 हैं, परन्तु भैंसें 55 प्रतिशत दूध का उत्पादन करती हैं। मिस्र जहां पर गायें तथा भैंसें समान अनुपात में पायी जाती हैं, भैंसें कुल दूध का 65 प्रतिशत उत्पादन करती हैं।

भारत में भैंस

भैंस का दूध भारत की जनता के भोजन में प्रोटीन का मुख्य स्रोत है। यह प्रोटीन और भी अधिक आवश्यक है क्योंकि भारत में बहुत लोग शाकाहारी हैं तथा प्रोटीन की कमी से उत्पन्न रोगों से ग्रसित रहते हैं। भैंस के चमड़े से जूते तथा अन्य वस्तुएं बनाई जाती है तथा उनका निर्यात भी किया जाता है। भारत में पशुगणना (1987) के आकड़े सारणी 1.4 में दिये गए हैं।

भैंस से प्राप्त गोबर का उपयोग खाद ईंधन और बायोगैस के रूप में किया जाता है।

सारणी 1.4. भारत की पशु गणना (1987) के अनुसार पशुधन संख्या (हजारों में)

पशुधन	पशुगणना के अनुसार कुल संख्या		1982 से 1987 में प्रतिशत वृद्धि (+) या कमी (–)
	1987	1982	
गाय–बैल	199,965	192,453	+3.7
भैंसें	75,967	69,783	+8.9
भेंड़ें	47,703	48,765	–6.3
बकरियाँ	1,10,207	95,255	+15.7
घोड़े तथा टट्टू	797	900	–11.4
खच्चर	16.7	131	+29.0
गधे	958	1,024	–6.4
ऊंट	1001	1078	–7.1
सूअर	10,626	10,071	+5.5
अन्य पशुधन (याक 36 मिथुन 129)	165	128	+28.9
कुल पशुधन	4,45,286	4,19,588	+6.1

भैंस पालन भारत के किसानों के लिए कई कारणों से गौ पालन के मुकाबले अधिक उपयोगी है। इन कारणों में एक तो भैंस से प्राप्त दूध गाय के मुकाबले ज्यादा तथा अधिक वसा वाला होता है जिसे यहां के लोग गाय के दूध की तुलना में अधिक पसन्द करते हैं। दूसरा भैंस गाय की तुलना में अधिक सूखा तथा मोटा चारा खाकर अधिक दूध दे सकती है। बेकार और कम उपयोगी चारे को पचाने की क्षमता गाय की तुलना में भैंस में अधिक है। एक अन्य कारण जो भैंस को गाय की तुलना में अधिक उपयोगी बनाता है वह यह है कि गाय के बूढ़ा होने पर तथा नर कटड़ों को बेचने में परेशानी होती हैं क्योंकि गौ वध वर्जित है, परन्तु भैंस के कटड़े अथवा बूढ़ा हो जाने पर यह समस्या नहीं आती है।

भैंस गर्म जलवायु को भलीभांति सह जाती हैं, इसी कारण भैंसों को गर्म देशों में अधिकतर डेरी विकास के कार्य में प्रयोग किया जा रहा है। भैंस की लम्बी उम्र भी भैंस का लाभकारी गुण है तथा गाय की तुलना में अधिक उपयोगी सिद्ध होने में सहायक है। भैंस में रोग प्रतिरोधन क्षमता भी काफी अधिक है तथा इस प्रकार कई भयानक रोगों के प्रसार से रोकथाम की जा सकती है।

यूरोप में भैंसें

उपरोक्त सारणियों में यह ज्ञात होता है कि पिछले तीन चार दशकों में दुनियां में भैंसों की संख्या में लगातार वृद्धि हुई है। भैंसों की संख्या 1947–48 में जहां 8.87 करोड़ थीं वहां यह 1993 में 14.7 करोड़ हो गयी। यूरोप को छोड़कर अब सभी देशों में भैसों की संख्या में वृद्धि पायी गयी है। जबकि यूरोप के देशों में इनकी जगह दूध और माँस देने

वाली गायों ने ली हैं। आकड़ों के अनुसार सन् 1800 में इटली में 60,00 भैंसें थी सन् 1934 में घटकर केवल 12,000 रह गयीं। 1994 की गणना के अनुसार भैंसों की संख्या बढ़कर 1,50,000 हो गई है। भैसों का दूध इटली के प्रमुख मौजारैली नामक चीज (पनीर के किस्म का एक उत्पाद) के बनाने में उपयुक्त होता है। अभी भी वहां पर भैंसों के दूध से बने इस खास किस्म के चीज की काफी मात्रा में मांग है। इसी प्रकार बुल्गारियों में भैंसों का दूध मौजारैला चीज बनाने के लिए प्रयुक्त होता है। बुल्गारिया में 1990 के आकड़ों कें मुताबिक लगभग तीस हजार भैंसें हैं। रूस में मुख्यत: भैंसें अजरबाईजान प्रान्त में पायी जाती हैं। विद्वान एवीलोब के अुनसार 1991 में जहां रूस में कुल 3,80,000 (तीन लाख अस्सी हजार) भैंसें थीं उनमें से 3 लाख (80 प्रतिशत) केवल अजरबाईजान प्रान्त में थीं। उन्हीं के अनुसार सन् 1985 में भैंसों की संख्या में बीस हजार की वृद्धि हुई हैं जो कि भैंसों की क्षमता एवं प्रसिद्ध का द्योतक है। ये सब भैंसें अजरबाईजान नस्ल की हैं। रूस में इस नस्ल को भारतीय मुर्रा नस्ल की सहायता से सुधारने के प्रयास किये जा रहे हैं। ये प्रयास शेखी क्षेत्र में दसूज नाम के भैंस फार्म पर केन्द्रित हैं।

भैंसों की नस्लें

भैंसें दो प्रकार की पाई जाती है। एक तो जो कि नदी प्रजाति की होती है तथा दूध के लिए उत्तम समझी जाती हैं। ऐसी भैंसों का प्रतिशत विश्व में 66.7 है। दूसरी भैंसें जो कि दलदलीय क्षेत्रों में पायी जाती हैं तथा चावल की खेती के लिए जमीन तैयार करने के लिए अत्याधिक उपयुक्त समझी जाती हैं। ऐसी किस्म की भैंसें विश्व में करीब 30 प्रतिशत है। नदी प्रजाति की भैंसों का उद्गम भारत तथा मेसोपोटानिया में समझा जाता है। इस प्रजाति की मुख्य नस्लों का नाम है मुर्रा, जाफरावादी, कुन्डी, नीली–रावी, भदावरी, पांडरपुरी, सुरती इत्यादि। दलदलीय नस्ल की भैंसों की एक ही नस्ल पायी जाती है तथा इस नस्ल के लक्षण हैं कि इनके दो बड़े–बड़े सींग सिर से बाहर की दिशा में निकलते हुए अर्द्ध चन्द्राकार शक्ल ले लेते हैं। भारत में पाए जाने वाली दलदलीय भैंसों में अनेक प्रकार के आकार, रंग, सींगों के आकार तथा चमड़ी पर निशान पाये जाते हैं। कुछ विद्धानों ने इनको अलग–अलग नस्लों में विभाजित करने का प्रयास किया है, लेकिन ऐसे प्रयासों को अभी तक मान्यता नहीं मिली है। थाइलैण्ड और वियतनाम में पायी जाने वाली दलदलीय भैंसों का वजन जहां 700-800 किलोग्राम से ज्यादा होता है वहीं दक्षिणी चीन में पायी जाने वाली वयस्क भैंस का वजन 250 किलोग्राम से भी कम होता है। नदी प्रजाति की भैंसों में जहा गुणसूत्रों (क्रोमोसोम) की संख्या 50 पायी जाती है, वहां दलदलीय प्रजाति की भैंसों में यह 48 ही हैं। इस भेद का अभी तक कोई कारण पता नहीं चल पाया है।

भैंसों का एक देश से दूसरे देश में आवागम, शताब्दियों से होता आया है परन्तु अधिक निर्यात एशिया महाद्वीप से दूसरे देशों में हुआ है। ऐतिहासिक प्रमाणों से पता चलता है कि भारत और पाकिस्तान से नदी जाति की भैंसों की नस्लें दूसरे देशों को

सारणी 1.5. विभिन्न देशों में भैंसों का आवागमन

जहां से भैंसें ले जाईं गईं	जहां भैंसें ले जाई गईं
त्रीनीडाड	बारबाडोस, इयुकेडर, कोस्टारिका, बेनीजुओला, पानामा, ब्राजील, गुयाना, फ्रेंच गुयाना, कोलम्बिया
भारत	ब्राजील, रूस, वियतनाम, युगांडा, बुल्गारिया, चीन
ब्राजील	बोलीविया
पाकिस्तान	बुल्गारिया, चीन
इटली	मोजाम्बिक, ब्राजील, बेनीजुओला
आस्ट्रेलिया	नाइजीरिया, बेनीजुओला, कोस्टारिका
मिस्र	तंजानिया
गुआम	संयुक्त राज्य अमेरिका
बुल्गारिया	बेनीजुओला

(Somthep Tumwasorn(1981) Recent Advances in Buffalo Research and Development)

निर्यात की गईं और उन्हें आयात करने वाले देशों ने आगे पड़ोसी और मित्र देशों को भेजा। सारणी 1.5 में दिये गये आकड़ों से यह भी सिद्ध होता है कि दलदलीय नस्ल की भैंसें दक्षिण एशिया देशों से दूसरे देशों में निर्यात की गईं। जिनमें विशेषकर थाईलैंड, वियतनाम, इण्डोनेशिया, चीन इत्यादि हैं।

भारत में विभिन्न प्रान्तों में पायी जाने वाली भैंसों की संख्या सारणी 1.6 और 1.7 में दी गई है। सारणी के अध्ययन से यह विदित होता है कि भैंसें भारत के प्रत्येक प्रान्त में पायी जाती हैं। चाहे वह कश्मीर हो या कन्याकुमारी। उत्तर–पश्चिमी, मध्य–दक्षिण भारत के मैदानों में भैंसों की संख्या काफी अधिक है, लेकिन उत्तर–पूर्वी भारत के कुछ प्रदेशों जैसे आसाम, मणिपुर, मेघालय, नागालैण्ड, पं. बंगाल, उड़ीसा और पहाड़ी इलाकों में इनकी संख्या काफी कम है। ऐसा इसलिए है कि इन क्षेत्रों के पहाड़ी और दुर्गम स्थानों में भैंसों का पालन पोषण अपेक्षाकृत कठिन है तथा दूध की मांग बहुत कम है।

भारत में पाए जाने वाली नस्लों में मुर्रा नस्ल का विशेष स्थान है। इस नस्ल की विशेषताओं के कारण इसे दुनिया भर में नस्ल सुधार कार्यक्रम के उपयोग में लाया जाता रहा है। ऐसा कहना अनुचित नहीं होगा कि मुर्रा नस्ल की भैंसों को वही स्थान प्राप्त है जो कि गायों में हालस्टीन फ्रिजियन को प्राप्त है।

विश्व में भैंस अनुसंधान केन्द्र तथा उनका योगदान

भैंस अनुसंधान कार्य, गाय के मुकाबले काफी देर से शुरू हुआ। इसका मुख्य कारण यह है कि भैंस अविकसित तथा विकासशील देशों में ही पायी जाती है तथा इन देशों में

सारणी 1.6. भारत के विभिन्न प्रान्तों एवम् केन्द्र शासित प्रदेशों में 1977 में भैंसों की सख्या (हजारों में)

राज्य	नर 3 साल से ज्यादा आयु के	मादा 3 साल से ज्यादा आयु के	छोटे बच्चे	कुल योग
आन्ध्र प्रदेश	1275	3668	2220	7163
असम	297	245	188	730
बिहार	794	2126	1543	4463
गुजरात	35	2093	1345	3473
हरियाणा	93	1531	1315	2940
हिमाचल प्रदेश	12	385	163	560
जम्मू एवम् कश्मीर	45	304	151	500
कर्नाटक	297	1919	1062	3278
केरल	219	157	78	454
मध्य प्रदेश	1149	2612	2084	5845
महाराष्ट्र	326	2148	1425	3899
मणिपुर	16	21	15	52
मेघालय	10	17	12	40
नागालैण्ड	2	4	2	8
उड़ीसा	594	436	329	1359
पंजाब	250	2166	1694	4110
राजस्थान	190	2785	2097	5072
सिक्किम	9	3	2	5
तमिलनाडु	384	1636	1057	3077
त्रिपुरा	6	5	4	14
उत्तर प्रदेश	1840	7288	4837	13965
पश्चिमी बंगाल	522	205	97	824
अण्डमान एवं निकोबार	3	4	3	10
अरूणाचल प्रदेश	2	6	4	12
चण्डीगढ़	9	8	4	12
दादर एवं नगर हवेली	1	1	1	3
दिल्ली	3	67	40	110
गोवा एवं दमन दीव	11	18	11	40
लक्षद्वीप	–	9	–	9
मिजोरम	1	1	1	3
पांडिचेरी	1	6	3	10
समस्त भारत में	8378	31865	21786	62029

स्रोत : अखिल भारतीय पशुधन गणना 1977

सारणी 1.7. भारत के विभिन्न प्रान्तों एवं केन्द्र शासित प्रदेशों में 1987 में भैंसों की संख्या (हजारों में)

राज्य	नर	मादा	योग
आंध्र प्रदेश	1594	7164	8758
अरूणाचल प्रदेश	6	6	12
असम	327	296	623
बिहार	1344	3528	4872
गुजरात	319	4183	4502
गोवा	14	26	40
हरियाणा	672	3155	3827
हिमाचल प्रदेश	133	661	794
जम्मू एवं कश्मीर	93	472	565
कर्नाटक	619	3416	4035
केरल	128	199	328
मध्य प्रदेश	1428	4937	6365
महाराष्ट्र	884	3869	4753
मणिपुर	73	67	140
मेघालय	15	13	28
मिजोरम	2	3	5
नागालैण्ड	7	8	15
उड़ीसा	822	684	1506
पंजाब	630	4945	5575
राजस्थान	767	5576	6343
सिक्किम	1	1	2
तमिलनाडु	500	2629	3129
त्रिपुरा	7	9	16
उत्तर प्रदेश	4652	13588	18240
पश्चिम बंगाल	794	369	1163
अण्डमान एवं निकोबार	6	8	14
चण्डीगढ़	1	19	20
दादर एवं नगर हवेली	1	2	3
दिल्ली	33	252	285
लक्षद्वीप	–	–	
पांडिचेरी	–	–9	10
समस्त भारत	15,872	60,095	75,967

अनुसंधान के लिए धन और साधनों की विकट समस्या बनी रहती है। भारत में विश्व की सबसे अच्छी नस्लें मिलने के कारण शायद इस पर अनुसंधान की बहुत आवश्यकता नहीं समझी गयी। उन्नत देशों में चूंकि भैंसें नहीं पायी जातीं, इसलिए उनके ऊपर अनुसंधान न सम्भव था और न ही अपेक्षित था। ऐसा भी समझा जाता रहा है कि जो अनुसंधान कार्य गायों पर किया जाता रहा है वही भैंस पर भी लागू होता है। परन्तु ये कथन वास्तव में पूर्ण रूप से सत्य नहीं हैं। भैंस अनुसंधान देर से ही सही, परन्तु अब जोर पकड़ता जा रहा है तथा कुछ देशों में बकायदा भैंस पर अनुसंधान केन्द्र या तो शुरू कर दिये गये या ऐसी योजनायें बन रही हैं। भारत ने भैंस अनुसंधान में पहल कर विश्व में प्रथम केन्द्रीय भैंस अनुसंधान संस्थान की स्थापना सन् 1985 में हरियाणा के हिसार शहर में कर दी है। हरियाणा प्रान्त में विश्व की सबसे अच्छी नस्ल मुर्रा का विकास हुआ जो कि भैंसों की सब नस्लों में दूध उत्पादन में विख्यात मानी जाती है। इस केन्द्र का एक उपकेन्द्र भी पंजाब के नाभा शहर में खोला गया है, जहां पर नीली–रावी नस्ल की भैंसों पर अनुसंधान कार्य प्रारम्भ किया गया है। भैंस अनुसंधान के लिए देश व विदेश में कई कृषि विश्वविद्यालयो संस्थानों में भी कार्य बड़ी तेजी से चल रहा है।

विश्व के एक अन्य भैंस उत्पादक देश थाईलैण्ड में एक अन्तर्राष्ट्रीय भैंस सूचना केन्द्र खोला गया है जो कि काफी समय से इस क्षेत्र में कार्य कर रहा है। यह केन्द्र भैंस सम्बन्धी ज्ञान पर पुस्तकें समय–समय पर प्रकाशित करता रहता है। थाईलैण्ड से यह संस्था एक त्रैमासिक 'बैफैलो बुलैटिन' नाम के समाचार पत्र का भी प्रकाशन करती है। थाईलैण्ड से ही एक अर्द्धवार्षिक पत्रिका जिसका नाम 'बैफैलो जरनल' है का संपादन एवं प्रकाशन होता है।

बुल्गारिया में शूमैन नामक स्थान पर एक भैंस प्रजनन अनुसंधान केन्द्र प्रारंभ हुआ है थाईलैण्ड में भी विश्व खाद्य एवं कृषि संगठन के सहयोग से एक भैंस अनुसंधान केन्द्र का कर रहा है। इन सभी केन्द्रों के अतिरिक्त भैंस पालक देशों में गायों के अनुसंधान केन्द्र शिक्षण संस्थाएं तथा पशु पालन विभाग भी भैंस के बारे में खोज प्रमुख केन्द्र हैं। भारत में एक भैंस प्रजनन पर अखिल भारतीय समन्वित अनुसंधान प्रायोजना 1970-71 में प्रारंभ किया गया जो कि अब नेटवर्क में परिवर्तित कर दिया गया है। इस प्रोजैक्ट में केन्द्रीय गुजरात कृषि विश्वविद्यालय, पंजाब कृषि विश्वविद्यालय, लुधियाना, राजस्थान कृषि विश्वविद्यालय, बल्लभनगर तथा कई अन्य अनुसंधान संस्थान सम्मिलित हैं। इन केन्द्रों में मुर्रा और सुरतो भैंस के नस्ल सुधार कार्यक्रम में आशातीत सफलता होने की सम्भावना है। भारत में कुछ संस्थायें जैसे कि राष्ट्रीय दुग्ध विकास बोर्ड एक सराहनीय कार्य कर रहा है। जब हम दूध (डेरी) की बात करते हैं तो भैंस का चित्र उभर कर सामने आता है।वैसे भी भैंस का योगदान दुग्ध उत्पादन, भार वाहन में विशेष रूप से रहा है। आज हमारे वैज्ञानिकों एवं कृषकों के सतत प्रयत्नों से देश (1991-92) में दुग्ध उत्पादन लगभग 5.64 करोड़ टन का है जिसमें कि भैंस के दूध का उत्पादन 55 प्रतिशत से अधिक आंका गया है। (इंडिया–ए रेफेरैन्स ऐनुअल 1993).

छोटे किसानों का साथी

आंकड़ों से यह साबित हो गया है कि जहां कहीं भी दुग्ध उत्पादन होता है उसका बहुत बड़ा भाग छोटे किसानों से ही प्राप्त होता है। इसका कारण यह है कि बड़ी जोत वाला किसान एक–दो पशु अवश्य रखता है, परन्तु वह दूध का उपयोग अपने परिवार में ही कर लेता है। छोटे किसान एवं भूमिहीन किसानों का वर्ग ऐसा है कि मजदूरी करके ही अपनी जीविका चलाते हैं और उसमें उन्हें पूरा नहीं पड़ता तो दो–चार भैंस रखकर दूध आदि का व्यवसाय करते हैं। यह एक ऐसा समुदाय है जो कि खड़ी फसलों को भी ले लेता है और उसका भुगतान दूध उत्पादन के द्वारा करता है।

यदि हम दुग्ध उत्पादन के व्यवसाय को ही लें तो एक अच्छी बात इसमें देखते हैं कि दुग्ध व्यवसाय में घर गृहस्थी का अतिरिक्त ईंधन भी प्राप्त हो जाता है और आमदनी भी लगातार होती है जबकि यदि हम सिर्फ कृषि व्यवसाय को लें तो पूरे वर्ष एक सी व्यस्तता नहीं रहती है। इस प्रकार हम देखते हैं कि हमारे ग्रामीण जीवन में एक यह एक ऐसा स्रोत है जिसमें कि अच्छा उत्पादन भी हो सकता है और खुशहाली बढ़ सकती है।

भैंस पालन में सहकारिता का योगदान

भैंस के दुग्ध उत्पादन में सहकारिता का समावेश हमें आनन्द, गुजरात से प्राप्त हुआ जो अब प्रत्येक राज्य में भली प्रकार चल रहा है। पशु की चिकित्सा की व्यवस्था, अच्छी किस्म का संतुलित चारा–दाना, किसानों द्वारा अपनी ही संस्था से दूध को एकत्र करके डेरी पहुंचाना एवं दूध का नित्य प्रति उचित दाम मिलना और बिचौलियों को दूर करके उसका पूरा लाभ किसानों को मिलना ऐसी व्यवस्थायें हैं जो कि सहकारिता द्वारा भली प्रकार दी जा रही हैं। आपरेशन फ्लड –एक और आपरेशन फ्लड–दो योजनाओं के द्वारा इन व्यवस्थाओं को पूरी तरह से किसानों के लाभ के लिए चलाया जा रहा है और ऐसे प्रयत्न किये जाते हैं कि अन्य क्षेत्रों में भी इसके उदाहरण से लाभ उठाया जा सके। आपरेशन फ्लड–तीन में यह कार्य आगे भी बढ़ाया जा रहा है। इन कार्यक्रमों में सहकारिता को बढ़ावा देकर गांवों में खुशहाली तो बढ़ रही है साथ ही हमारे शहरों के निवासियों को भी समुचित मात्रा में दूध एवं दूध से बने अन्य पदार्थ उपलब्ध हो रहे है।

अध्याय 2

भैंस की प्रमुख नस्लें

आज के विश्व में पायी जाने वाली भैंस की नस्लें, सदियों से चले आ रहे वरण तथा निष्क्रिष्ठन का परिणाम है। वरण का अर्थ है कि ऐच्छिक गुणों वाली वस्तु का निष्क्रिष्ठन किया जाये। पशु प्रजनन में वरण से तात्पर्य इच्छित पशुओं को निकाल कर अलग–अलग कर देना। आज के युग में पाये जाने वाली नस्लों को उन्नंत करने में अधिक महत्व केवल वरण को दिया जाना चाहिए। प्रारम्भ में पशुओं का वरण पशु के बाहरी गुण अथवा फीनोटाइप को देखकर ही किया जाता रहा है। क्योंकि ऐसा समझा जाता है कि पशु के बाहरी रंगरूप से पशु की क्षमता का अनुमान लगाया जा सकता है। किसी हद तक यह बात सही भी है क्योंकि अच्छी सेहत तथा रंगरूप वाले जानवर से ही यह उम्मीद की जा सकती कि वह अच्छा कार्य भी कर सकेगा। यह भी सही है कि पशु के आन्तरिक गुणों के आधार पर ही पशु का रंगरूप, आकार, सुदृढ़ता, दूध देने की क्षमता तथा डीलडौल इत्यादि गुणों की रचना होती है। आधुनिक काल में संतति के आधार पर ही वरण काफी लोकप्रिय हो रहा है। इस वरण को संतति परीक्षण भी कहा जाता है। ऐसा कहा जाता है कि किसी पशु की बाहय संरचना हमको यह बताती है कि पशु कैसा दिखाई देता है।उसकी वंशावली हमें यह बात बताती है कि पशु को कैसा होना चाहिए। परन्तु उसके दिखावट अथवा प्रदर्शन एक प्रजनन पशु के नाते हमें यह बताती है कि वह पशु वास्तव में कैसा है। उस वरण विधि के पशुओं पर किये गये संतति परीक्षण के परिणाम बहुत धीरे–धीरे प्राप्त होते है।

पशुओं का वह समूह जिसकी उत्पति, शरीर की बनावट तथा आकारिकी समान हो नस्ल कहलता है। अर्थात नस्ल एक जाति के पालतू पशुओं के उस समूह को कहते हैं जिसके सदस्यों में एक विशेष प्रकार के समान गुण हों जिनके आधार पर उनको अन्य पशुओं से अलग पहचाना जा सकें। संसार में भैंसों की बहुत सी नस्लें हैं जिनमें से कुछ का वर्णन इस खण्ड में किया गया है। भारत को भैंस की सबसे अच्छी तथा दुधारू नस्ल रखने का गौरव प्राप्त है। दलदलीय प्रजाति की भैंसों की केवल एक ही नस्ल पायी जाती है परन्तु उनमें कुछ अलग अलग समूह, अपनी अलग–अलग पहचान बनाये हुए हैं। उदाहरण के तौर पर थाईलैण्ड की भैंस जो कि दलदलीय नस्ल की है, अपने बड़े आकार के लिए प्रसिद्ध है। इनका औसतन वजन 450 कि. ग्रा. होता है तथा कभी–कभी कुछ जानवरों में 1000 कि. ग्रा. तक भी रिकार्ड पाया गया है। परन्तु चीन में पायी जाने वाली दलदलीय नस्ल की कुछ छोटी भैंसे 250 कि.ग्रा. तक की भी होतीं है। बर्मा में पायी जाने वाली भैंसों का औसत वजन 300 कि. ग्रा. होता है। केवल भारत तथा पाकिस्तान में ही

मानक गुणों वाली सुविख्यात भैंसें पायी जाती हैं। दक्षिण एशिया में नदी प्रजाति की भैंसों की 18 नस्लें पायी जाती है। उन नस्लों को पांच मुख्य भागों में बांटा जा सकता है जो निम्नलिखित है :–

	समूह	नस्लें
1.	मुर्रा नस्ल	मुर्रा, नीली–रावी, कुण्डी
2.	गुजराती नस्ल	सुरती, महसाना, जाफराबादी
3.	उत्तर प्रदेश में पायी जाने वाली नस्लें	भदावरी, तराई
4.	मध्य भारतीय नस्लें	नागपुरी, पंड़ारपुरी, मण्ड़ा, जीरांगी, कालाहांडी, सम्बलपुर
5.	दक्षिणी भारतीय नस्ल	टोडा, दक्षिण कनारा

ऊपर लिखित 16 नस्लों के बावजूद भारत में ज्यादातर भैंसें किसी विशेष नस्ल से नहीं मिलती। इन भैंसों को देसी भैंसें कहा जाता है। इनमें से ज्यादातर भैंसें छोटे आकार की होती हैं व बहुत थोड़ा दूध देती हैं, तथा इनकी टांगों में काफी विविधता पायी जाती है। फिलीपीन्स, थाईलैण्ड, चीन, वियतनाम, तथा ब्राजील में दलदलीय भैसों तथा मुर्रा भैंसों की संकर नस्लें भी तैयार की गयी हैं। इन भैंसों की नस्ल को फिल मुर्रा तथा बुकालिकसों इत्यादि नाम दिए गए हैं। दलदलीय प्रजाति तथा नदी प्रजाति की भैंसों में निम्नलिखित अन्तर (भेद) पाये जाते हैं।

1. दलदलीय भैंसें आकार में छोटी तथा कम दुधारू होती हैं जबकि नदी प्रजाति की भैंसें आकार में बड़ी तथा दूध देने के लिए उत्तम होती हैं।
2. दलदलीय भैंसों का सिर बड़ा, सींग बड़े बाहर फैले तथा कम कुण्डलाकार होते हैं। नदी प्रजाति की भैंसों के सींग छोटे, चिकने, अधिक कुण्डलाकार या हंसिया के आकार के होते हैं।
3. दलदलीय भैंसों के खुर बहुत चौड़े तथा मजबूत होते हैं।
4. दलदलीय भैंसों में गर्मी सहन करने की शक्ति, नदी प्रजाति की ैंसों की अपेक्षा अधिक होती हैं। ऐसा समझा जाता है कि दलदलीय नस्ल की भैंसें कीचड़ में लेटना पसंद करती है जबकि नदी प्रजाति की भैंसे पानी में तैरने की इच्छुक होती है।
5. दलदलीय भैंसों का रंग तांबे जैसा होता हैं तथा गहरा भूरा होता है जबकि नदी प्रजाति की भैंसें अधिकतर काले रंग की होती है परन्तु भदावरी तथा सुरती इसके अपवाद हैं।
6. दलदलीय भैंसों में गुण सूत्रों (क्रोमोसोम) की संख्या 48 तथा नदी प्रजाति की भैंसों में 50 होती हैं।
7. दोनो वर्ग की भैंसों का सकरण आसानी से किया जा सकता है तथा उनसे उत्पन्न संतति प्रजननशील होती हैं।

मुर्रा नस्ल

इस नस्ल का उद्‌गम मुख्यतः भारतीय भू–भाग के उत्तर–पश्चिम क्षेत्र को समझा जाता है। इस नस्ल के जानवर अपने मुड़े हुए सींगों के लिए प्रसिद्ध हैं। इसलिए उनका नाम मुर्रा अर्थात मुड़े हुए सींग वाले पड़ा। यह जानवर अपनी दूध देने की क्षमता के लिए प्रसिद्ध है। इनके दूध में वसा की मात्रा काफी अधिक पायी जाती है। मुर्रा नस्ल का प्रसार इसके जन्म स्थान रोहतक (हरियाणा) से रावी तथा सतलुज नदी की घाटियों (उत्तरी सिंध) में तथा पश्चिम में उत्तर प्रदेश की तरफ हुआ। रावी और सतलुज घाटी में पायी जाने वाली भैंसें असली भैंसों से बहुत थोड़ी मात्रा में भिन्न हैं परन्तु इनको बाद में नीली–रावी नस्ल का नाम दे दिया गया। मुर्रा नस्ल की भैंसें नस्ल सुधार के लिए विश्व के अनेक भागों में ले जायी गयी है। बुल्गारिया रोमानिया तथा रूस में पायी जाने वाली भैंसों के गुण इस नस्ल से काफी मिलते जुलते हैं। मुर्रा नस्ल का जमा हुआ वीर्य थाईलैण्ड, फिलीपीन्स तथा अन्य देशों में वहां के नस्ल सुधार कार्यक्रम के लिए भारत से भेजा जाता हैं।

इस नस्ल के जानवर काफी भारी तथा काले रंग के होते हैं। इनकी पीठ थोड़ी बड़ी तथा सिर एवं गर्दन छोटी होती है। सींग छोटे तथा बहुत अधिक मुड़े हुए होते हैं। इन जानवरों के थन विकसित होते हैं। पूंछ लम्बी होती है। एक वयस्क मादा का वजन 450 से 500 कि.ग्रा. तथा नर का वजन 530 कि. ग्रा. तक पाया जाता है। एक नर अथवा मादा की लम्बाई 1.50 मी. तथा ऊँचाई भी करीब 1.50 मी. होती है। इस नस्ल के पशुओं की त्वचा नर्म तथा मुलायम होती है एवं इसमें बाल बहुत कम पाये जाते हैं।

मुर्रा भैंस

भारत में सहकारी तथा गैर सरकारी दुग्ध उद्योग मुख्यतः मुर्रा नस्ल की भैंसों के दूध के ऊपर आश्रित है। सरकारी फार्मों में इस नस्ल के जानवर काफी संख्या में रखे हुए हैं। भारत सरकार ने इसकी महत्ता को देखते हुए 1985 में हिसार में केन्द्रीय भैंस अनुसंधान संस्थान की स्थापना करके इस नस्ल के सुधार कार्यक्रम को एक नया मोड़ दिया है। इस संस्थान में विश्व की सबसे उत्कृष्ट मुर्रा भैंसों का एक बड़ा फार्म है। भारत से मुर्रा नस्ल की भैंसें, अनेक देशों में नस्ल सुधार कार्यक्रम के लिए भेजी गई हैं। 1962 में ऐसी अनेक भैंसें तथा सांड बुल्गारिया में भेजे गये । वहां के शूमैन (Shumen) स्थित भैंस फार्म में यह पाया गया कि मुर्रा नस्ल की भैंसें वहां की देसी भैसों के अनुपात में काफी ज्यादा दूध देती हैं। उसी फार्म की एक अच्छी देसी भैंस जहां 1517 लीटर दूध देती थी वहां मुर्रा भैंस 2600 लीटर दूध दे रही है (पोलीक्रोनोव, 1984)

मुर्रा भैंसें भारत से उत्तर में नेपाल तथा दक्षिण में श्रीलंका ले जाई गई हैं। ये भैंसें भारत से केरीबियन तथा मध्य एवं दक्षिण अमेरिका के देशों में भी ले जाई गई हैं। मुर्रा भैंसें मलेशिया, इण्डोनेशिया, फिलीपीन्स, ताईवान तथा थाईलैण्ड में भी भारत से भेजी गई हैं तथा वहां पर स्थापित हो गई हैं। इन सभी जगह मुर्रा भैंसें नस्ल सुधार कार्यक्रम तथा दूध उत्पादन के लिए उपयुक्त हैं। मुर्रा नस्ल की भैंसों को दलदलीय नस्ल की भैंसों से क्रास कराके संकर भैंसे तैयार की गई हैं जो कि मूल दलदलीय भैंसों के मुकाबले दूध उत्पादन में काफी अधिक सक्षम हैं।

मुर्रा भैंसें अपनी दूध देने की क्षमता के लिए विश्व विख्यात हैं तथा सदियों से इनका चयन इसी आधार पर होता आ रहा है। औसतन पहली ब्यांत का दूध उत्पादन 1500 से 1800 लीटर तक पाया गया है। सामान्यतया दूध उत्पादन प्रथम से चौथे ब्यांत तक बढ़ता रहता है तथा नौवें ब्यांत तक दुग्ध उत्पादन अपने प्रथम ब्यांत तक के उत्पादन से मिलता रहता है। जिससे यह निष्कर्ष निकाला जा सकता है कि भैंसों को नौ ब्यांत तक एक अच्छे लाभदायक पशु के रूप में रखा जा सकता है अर्थात सोलह साल की आयु तक मुर्रा भैंसों के दूध औसतन 7 प्रतिशत वसा तथा 10 प्रतिशत वसा रहित शुष्क पदार्थ पाये जाते हैं। इन भैंसों के दूध में प्रोटीन की मात्रा करीब 4.5 प्रतिशत तथा लैक्टोज 4.8 प्रतिशत पाया जाता है। इस प्रकार इन भैंसों के दूध में गाय के दूध से ज्यादा वसा तथा वसा रहित शुष्क पदार्थ पाये जाते हैं। जैसा कि सारणी 2.1 से स्पष्ट है।

सारणी 2.1. भैंस एवं गाय के दूध में पोषण तत्वों का तुलनात्मक अध्ययन (प्रतिशत)

	वसा	प्रोटीन	लैक्टोज	कुल शुष्क पदार्थ
भैंस	7.64	4.36	4.83	17.96
यूरोपियन गाय	3.90	3.47	4.75	12.85
देसी गाय	4.97	3.18	4.59	13.45

नीली–रावी

जैसा कि पहले ही कहा जा चुका है कि नीली–रावी भैंसें, मुर्रा नस्ल की ही एक उपजाति समझी जाती है। यह नस्ल, मुर्रा नस्ल से बहुत थोड़ी ही मात्रा में भिन्न है परन्तु इनका पाये जाने वाला क्षेत्र मुर्रा भैंसों के क्षेत्र से अलग है। ये भैंसें सतलुज तथा रावी नदी के घाटी के क्षेत्रों में पायी जाती हैं। नीली का अभिप्राय है सफेद रंग जो कि सतलुज नदी के श्वेत जल का प्रतीक है। रावी नाम रावी नदी के नाम पर पड़ा । यह नस्ल पंजाब में 29.50 से लेकर 32.50 उत्तर आक्षान्तर रेखायें तथा 710 से 750 पूर्व देशान्तर में पायी जाती हैं। नीली–रावी नस्ल की भैंस जो कि मुर्रा के मिश्रण से बनी है भारत के विभाजन के समय ज्यादातर पाकिस्तान में चली गईं । यह भैंसें अब नीली रावी के नाम से जानी जाती हैं। सतलुज घाटी में नीली भैंसें भारत के फिरोजपुर शहर की फाजिल्का तहसील में पायी जाती है तथा पाकिस्तान के मुल्तान एवं मान्टगुमरी जिलों में पायी जाती हैं। रावी भैंसें रावी नदी घाटी के सदलवार क्षेत्र में खासतौर पर कमालिया समुन्द्री तथा टामाडियान वाला क्षेत्र (जिला लायलपुर) ओकारा तथा चिचवसनों तहसील (मान्टगुमरी जिला) तथा चिनाव नदी के किनारे झंग जिला में पायी जाती हैं। इन भैंसों की त्वचा तथा बालों का रंग सामान्यतः काला होता है परन्तु भूरा रंग भी काफी मात्रा में पाया जाता है। नीली भैंसों के सिर, माथा, टांगें तथा पूंछ पर सफेद धब्बों का पाया जाना एक मुख्य लक्षण है। इन भैंसों के सींग छोटे–छोटे होते हैं तथा पीछे की तरफ मुड़े हुए रहते हैं इनका शरीर भारी तथा पाइप के आकार का होता है। इनका सिर लम्बा तथा आंखों के बीच में कुछ दबा रहता है। इनमें दो ठुड्डियों का पाया जाना एक खास निशानी है। इनकी पूँछ लम्बी होती है तथा जमीन को छूने लगती है। वयस्क नीली भैंस का वजन करीब 450 कि. ग्रा. होता है तथा सांड का वजन 600 कि. ग्रा. तक पाया जाता है।

नीली भैंस

नीली रावी भैंसों की दूध देने की क्षमता मुर्रा भैंसों के लगभग बराबर है। औसतन पहली ब्यांत में इस नस्ल का दुग्ध उत्पादन 1700 लीटर पाया गया ।

सुरती

यह नस्ल मुख्यतः गुजरात के खेडा एवं बड़ौदा जिलों में पायी जाती हैं। खासतौर से माही तथा साबरमती नदियों के बीच के क्षेत्र में इस नस्ल के सबसे अच्छे जानवर नाडियाड, आनन्द तथा बोरसाड तहसील तथा खेड़ा जिलों में पाये जाते है।

सुरती भैंसा सांड

सुरती नस्ल के पशु मध्यम आकार तथा सुडौल शरीर के हाते हैं। इनका रंग सामान्यतः काला या भूरे रंग का होता है। पूंछ के बालों का गुच्छा बिल्कुल सफेद भी हो सकता हैं इनके सींग चपटे, मध्यम आकार के तथा दरांती के आकार के होते हैं। ये सिर के नीचे की तरफ निकलकर फिर दोबारा ऊपर की तरफ मुड़ते हैं तथा हुक की शक्ल ले लेते हैं। इनकी पीत सीधी होती हैं। इनका सिर लम्बा, अपेक्षाकृत चौड़ा तथा सींगों के बीच कुछ गोलाई लिये होता है। आंखें गोल तथा बाहर की तरफ निकली हुई दिखाई देती हैं। कान मध्यम आकार के तथा अन्दर की तरफ कुछ लाली लिये होती हैं। मादा सुरती भैंसों में गर्दन पतली तथा लम्बी होती है जबकि नर भैंसों में यह मोटी तथा भारी पायी जाती हैं। टांगें मध्यम आकार की तथा खुर काले होते हैं वयस्क मादा का वजन करीब 410 कि. ग्रा. तथा नर का वजन औसतन 500 कि. ग्रा. मिलता है। इस नस्ल के जानवरों का दूध अपेक्षाकृत अधिक वसायुक्त होता है।

इस नस्ल के जानवर मुख्यतः गुजरात में होने वाले मेलों से प्राप्त किये जा सकते हैं। इनकी दुग्ध उत्पादन क्षमता के कारण इनका भारी मात्रा में दूसरे प्रदेशों में पलायन होता है। खासतौर से बम्बई शहर में हर साल हजारों सुरती भैंसें ले जायी जाती हैं। इस नस्ल की भैंसों का प्रथम ब्यांत में औसतन दुग्ध उत्पादन लगभग 1200 लीटर पाया गया है।

महसाना

ये भैंसें भी मुर्रा जैसी परन्तु मध्यम शारीरिक वजन की होती हैं। किन्तु इनके सींग कुछ अधिक चौड़े एवं अंदर की तरफ खुले हुए है। ये गुजरात के महसाना, बनासकठां व साबरकठां जिलों में मिलती हैं। रंग काला होता है तथा चेहरे, टांगों व पूंछ के सिर पर सफेद निशान होते हैं। टांगें हल्की होती हैं। दूध व घी के लिए यह नस्ल बहुत लाभदायक हैं।

भदावरी

इस नस्ल के पशु आगरा की भदावरी ऐस्टेट ग्वालियर और इटावा के आस–पास का क्षेत्र, यमुना तथा चम्बल नदी के आस–पास के क्षेत्रों में पाए जाते हैं। इन भैंसों का शरीर मध्यम आकार का होता हैं। सिर छोटा एवं सींगों की ओर उभरा हुआ होता है। टांगें छोटी एवं मजबूत होती हैं। पिछली टांगों के खुर अगली टांगों की तुलना में पीछे की ओर होते हैं। माथा चौड़ा तथा बीच में दबा हुआ होता है। रंग तांबे की तरह होता है तथा शरीर पर बाल बहुत कम होते हैं। औसत दुग्ध मात्रा 3 से 4 कि.ग्रा. होती है परन्तु वसा की प्रतिशत मात्रा अधिक होती है। नर–पशु भारवाही के काम आते हैं।

नागपुरी

नागपुरी नस्ल की भैंसें मुख्यतः महाराष्ट्र के नागपुर इलाके तथा उससे लगने वाले आन्ध्र प्रदेश एवं मध्य प्रदेश के क्षेत्रों में पायी जाती हैं।

इन भैंसों का रंग सामान्यतः काला होता है परन्तु माथे, टांगें तथा पूंछ पर सफेद धब्बों का पाया जाना एक आम बात हैं। इन भैंसों का विशेष लक्षण इनके लम्बे तथा धनुष की तरह थोड़े मुड़े हुए सींग हैं। ये सींग पीछे की तरफ गर्दन के साथ–साथ कन्धे से आगे तक पहुंच जाते हैं। इनका चेहरा लम्बा तथा पतला होता हैं। इन भैंसों की गर्दन अपेक्षाकृत लम्बी होती है तथा पूँछ छोटी होती हैं। ये जानवर अपेक्षाकृत हल्के आकार के होते है। नर भैंसों को बोझा ढोने के काम में लाया जाता है परन्तु ये काफी सुस्त गति से काम करते हैं। इस नस्ल की भैंसें महाराष्ट्र के विदर्भ क्षेत्र तथा आन्ध्र प्रदेश के आदिलाबाद जिलों में होने वाले मेलों से खरीदी जा सकती हैं। इन भैंसों की दूध देने की क्षमता काफी कम होती है। प्रथम ब्यांत में इनका औसत दूध उत्पादन 926 लीटर तक पाया गया है। खरे तथा साथियों, ने (1983) में नागपुरी भैंसों का अध्ययन किया उन्होंने पाया कि इस प्रकार की भैंसों में औसतन दूध क्षमता 1050 किलोग्राम थी। इन भैंसों का दुग्ध स्रवण

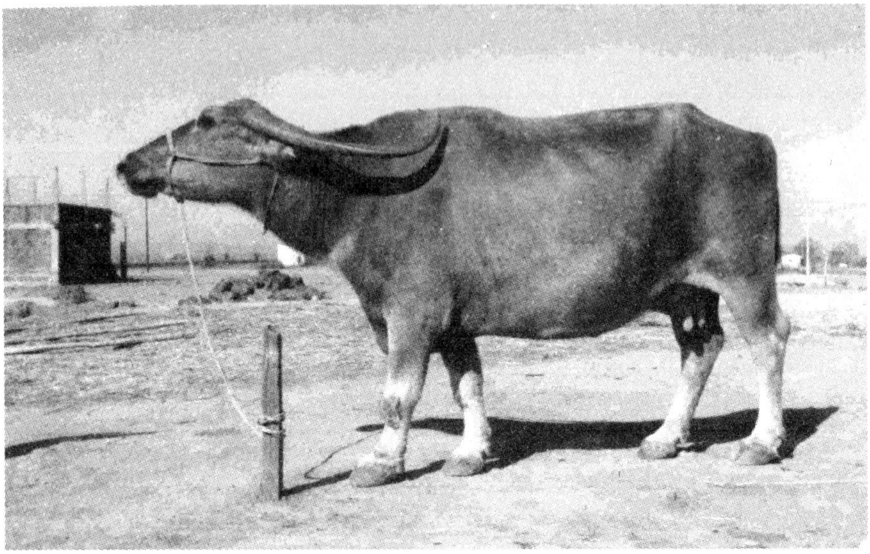

नागपुरी

काल 298 दिन था। प्रथम ब्यांत के पश्चात् दुग्ध उत्पादन तीसरे से आठवें ब्यांत की तुलना में काफी कम पाया गया।

जाफराबादी

इस नस्ल की भैंसें गुजरात के काठियाबाड़ जिले के गीर नामक जंगलों में पायी जाती हैं। इन नस्ल का नाम जाफराबाद शहर के नाम पर पड़ा। इस नस्ल को भावनगरी तथा गीर के नाम से भी जाना जाता है। गीर का जंगल लगभग 1300 किलोमीटर लम्बा और घना है। जहां पर शेर के अतिरिक्त अनेक जंगली जानवर पाये जाते हैं। जाफराबादी नस्ल की भैंसें मुख्यतः मालधारी कबीले के लोगों द्वारा पाली जाती हैं। ये लोग अपने क्षेत्र को जंगली जानवर तथा शेर के आक्रमण से बचाने के लिए लकड़ी तथा कांटेदार झाड़ियों की बाड़ लगाते हैं, इसके बावजूद भी काफी संख्या में भैंसें शेर का शिकार हो जाती हैं। ये भैंसें जंगलों में पाये जाने वाले चारे पर ही निर्भर होती हैं। इतने मुश्किल हालातों में भी मालधारी चरवाहें इन भैंसों का पालन–पोषण करते हैं जो कि इनकी जीविका का मुख्य स्रोत है।

जाफराबादी भैंस का आकार बड़ा, सिर चौड़ा, सींग भारी चपटे एवं चौड़े होते हैं। ये सींग गर्दन से थोड़ा नीचे की तरफ मुड़ते हैं तथा चोंच पर फिर दोबारा ऊपर की तरफ जाते हैं। परन्तु इनका घुमाव मुर्रा जाति की तरह कसा हुआ नहीं होता । आमतौर पर रंग काला परन्तु सिर व टांगों पर कभी–कभी सफेद धब्बे पाये जाते हैं। मुर्रा नस्ल के मुकाबले में इनका सिर और गर्दन बड़ी तथा थोड़ी भारी होती है। अपने बडे आकार के कारण ये जानवर काफी मात्रा में चारा खा जाते हैं, परन्तु इनका दूध उत्पादन भी काफी अच्छा है।

जाफराबादी

वयस्क नर भैंस का वजन 590 किलोग्राम तथा मादा का वजन 450 किलोग्राम होता है। इन भैंसों के दूध में वसा की मात्रा ज्यादा पायी जाती है। तथा इनका दूध मुख्यतः घी बनाने के काम आता है। झोटों को बोझा ढोने के काम में लाया जाता है।

परलाखिमुण्डी

इस नस्ल की भैंसें पूर्वी उड़ीसा के गंजम तथा कोरापुट जिलों में पायी जाती हैं। इस जाति के तीन प्रमुख भेद हैं।

1. देसी या मुण्डा
2. जिरंगी
3. परलाखिमुण्डी

इस नस्ल के जानवर मजबूत काठी के होते हैं तथा इनका शरीर पतला एवम् लम्बा होता है। इनका सिर छोटा, गर्दन पतली तथा लम्बी, पैर पतले तथा मजबूत और पूंछ छोटी होती है। सींग मोटे तथा लम्बे होते हैं और सामान्यतः सीधे परन्तु ऊपर की तरफ थोड़े मुड़े हुए होते हैं। इनका रंग हल्का लाल, भूरा तथा त्वचा कुछ लाल रंग की होती है। इस नस्ल की भैंसें मुख्यतः बोझा ढोने के काम में लायी जाती हैं। इन भैंसों को गाँव तथा शहरों से बाहर छोड़ दिया जाता है जहां पर वे फालतू चारे एवं घास–फूस पर निर्भर रहती हैं। इन भैंसों में दूध देने की क्षमता कम होती है। इस नस्ल के जानवर उपलादा तथा बलादा के पशु मेले में खरीदे तथा बेचे जाते हैं। इन भैंसों का वजन 275 से 325 किलोग्राम तक होता है तथा ये एक दिन में 4-6 किलोग्राम तक दूध दे सकती हैं। कुछ विद्वानों का मत है कि ये भैंसें नदी प्रजाति की भैंसों से भिन्न होती हैं।

टोडा

टोडा भैंसें भारत में पायी जाने वाली अन्य भैंसों से काफी भिन्न हैं। ये भैंसें नीलगिरी की पहाड़ियों में पायी जाती हैं जहां पर ये टोडा कबाईलियों के जनजीवन का एक हिस्सा बन गयी हैं। इन जानवरों का शरीर लम्बा, छाती चौड़ी तथा मजबूत होती हैं। इनका सिर भारी होता है तथा सींग आगे की तरफ झुके हुए और गोलाकार होते हैं। इनके शरीर पर घने बाल पाये जाते हैं। टोडा भैंसें दुग्ध उत्पादन के लिए उत्तम मानी जाती हैं तथा 4.4 से 8.8 लीटर दूध प्रतिदिन दे सकती हैं।

अध्याय 3

भैंस अनुवंशिकी

आज के युग मे पाये जाने वाली भैंसें सदियों से उनकी गुणवत्ता के आधार पर चयन का नतीजा है। नदी प्रजाति की भैंसों के चयन का आधार उनके दूध देने की क्षमता रहा है तथा दलदलीय प्रजाति की भैंसों का उनकी खेतों में काम करने और बोझा ढोने की क्षमता रहा है इसी चयन का नतीजा है कि दोनों प्रजातियों की कई नस्लें पायी जाती हैं। दोनों नदी और दलदलीय प्रजाति की भैंसें छोटे किसानों और भूमिहीन मजदूरों के पास पायी जाती हैं। इन जानवरों के बड़े समूह काफी कम हैं। उनका भैंसों की नस्ल सुधार में योदान नगण्य है। हाल में आधुनिक नस्ल सुधार कार्यक्रम उपयोग में लाये गये है जो कि पहले गायों के लिए विकसित किये गये थे। ये नस्ल सुधार कार्यक्रम मुख्यतः सन्तति परीक्षण के सिद्धान्त पर बनाये गये हैं। ज्यादातर विकासशील देशों में इस तरह के कार्यक्रमों को लागू करने के लिए वांछित ढांचा अभी उपलब्ध नहीं हैं। इसके अलावा कृत्रिम गर्भाधान की प्रक्रिया जो कि नस्ल सुधार कार्यक्रम के लिए अत्यावश्यक है भैंसों में अभी उतनी सफलता प्राप्त नहीं हुई हैं इसका एक कारण यह भी है कि भैंसों में गर्मी के लक्षण उतने तीव्र नहीं होते जितने कि गायों में । क्योंकि कृत्रिम गर्भाधान की उपलब्धता बहुत कम है तथा छोटे किसानों द्वारा इसको ज्यादा पसन्द नहीं किया जाता है, इसलिए थोड़े बहुत भैंस सुधार कार्यक्रम से तैयार किये गये सांड़ों का योगदान बहुत कम रहा है। नदी तथा दलदलीय प्रजाति की भैंसों पर लागू होने वाला कोई अच्छा भैंस सुधार कार्यक्रम अभी विकसित नहीं हो पाया है जो कि भैंसों की क्षमता में वास्तव में कोई सुधार ला सके।

भैंस प्रजनन के उद्देश्य

नस्ल सुधार तथा चयन कार्यक्रमों के उद्देश्य प्रायः निम्नलिखित होते हैं:–

1. युवा पशुओं में वृद्धि दर तीव्र हो,
2. पशु शीघ्र प्रजनन योग्य हो,
3. पशुओं में स्वयं रोग से बचने की क्षमता,
4. नियमित रूप से संतानोत्पत्ति,
5. अधिक दूध व घी की उत्पादन क्षमता,
6. झोटों का अच्छे कार्यवाहक तथा शक्तिशाली होना,
7. पशु की लम्बी आयु,
8. कम मृत्यु दर, और
9. पशु बाह्य वातावरण से कम प्रभावित हो।

भैंस सुधार कार्यक्रम में होने वाली बाधायें।

सभी नस्ल सुधार कार्यक्रमों में कुछ बाधायें आती हैं जिनके कारण जो उपलब्धि होनी होती है वह नहीं हो पाती। भैंसों के नस्ल सुधार के मामलों में ये और भी जटिल हैं। इसी कारण भैंस नस्ल सुधार कार्यक्रम में कोई उल्लेखनीय प्रगति अभी तक नहीं हो पायी है। इनमें मुख्य बाधायें निम्नलिखित हैं :–

1. विश्व में भैंसों की संख्या का बहुत ज्यादा छोटे–छोटे भागों में बंटा होना।
2. कृत्रिम गर्भाधान के लिए वांछित सुविधायें उपलब्ध नहीं हैं,
3. भैंस पालकों को भैंस शरीर क्रिया विज्ञान की कम जानकारी है,
4. प्रथम ब्यांत का देर से होना,
5. मौसम के कारण भैंसों की जनन क्षमता में कमी आना ।
6. भैंसों में गर्मी का पता लगाने की दिक्कत है। ऐसा इसलिए होता है कि भैंसों में गायों के मुकाबले गर्मी के लक्षण कम दिखाई देते हैं,
7. बच्चा देने के बाद देर से गर्मी में आना तथा गर्भ का न ठहरना, और
8. अनेक अण्डे बनाने वाली तकनीक का भैंसों में कम सफल होना।

भैंसों में अपनाये जाने वाले नस्ल सुधार कार्यक्रम

आमतौर पर भैंसों में नस्ल सुधारने के वही कार्यक्रम अपनाये गये हैं जो गायों में इस्तेमाल किये जा चुके हैं परन्तु कुछ कारणों से वे इतने सफल सिद्ध नहीं हुए जितने की गायों में। नदी प्रजाति की भैंसों में अपनाये गये नस्ल सुधार कार्यक्रम दलदलीय भैंसों से कुछ भिन्न हैं। दोनों ही तरह के भैंसों के नस्ल सुधार कार्यक्रम का उद्देश्य उनके दूध देने की क्षमता को बढ़ावा देना है।

भारत ने मुर्रा तथा सुरती नस्लों के सुधार के लिए एक विस्तृत नेटवर्क कार्यक्रम तैयार किया है। जिसमें सम्मिलित हर्ड सन्तति परीक्षण द्वारा इनका सुधार किया जायेगा। इस कार्यक्रम में सरकारी एवं गैर सरकारी संस्थाओं के भैंस फार्म आपस में सहयोग करेंगें, जिसका मुख्य कार्य सन्तति परीक्षण द्वारा दुग्ध उत्पादन क्षमता को बढ़ाना हैं। यह सहयोग सभी क्षेत्रों में होगा जैसे कि वीर्य संग्रहण, हिमशीतीत वीर्य का बनाना एवं उपयोग, आंकड़ों का सही संग्रह किया जाना तथा निष्कर्ष निकाला जाना शामिल है। इस कार्यक्रम का मुख्य उद्देश्य भैंसों के दूध देने की क्षमता को बढ़ाना है। शुरू में बहुत अधिक दूध देने वाली क्षमता के बच्चों को सांड़ के रूप में उपयोग किया जायेगा बाद में उनसे उत्पन्न किये गये सन्तति परीक्षित सांडों को आने वाली पीढ़ियों में उपयोग में लाया जायेगा। इन विशिष्ट भैंसों का जमा हुआ वीर्य, अण्डे एवं भ्रूण को अति शीतन अवस्था में भविष्य के लिए सुरक्षित रखा जायेगा।

नदी प्रजाति तथा दलदलीय प्रजाति की भैंसों से संकर नस्ल के पशु ज्यादा माँस तथा दूध देते हैं, वहीं बोझा ढोने के लिए भी उत्तम पाये गये हैं। इस तरह के संकरण का कई देशों में उपयोग किया गया है। लीली नाम के चीनी विद्वान ने बताया कि दक्षिणी चीन में

45,000 संकर नस्ल के जानवर पैदा किये गये हैं। ये जानवर बोझा ढोने के लिए तो उत्तम थे ही, दूध देने में भी इनका स्थान अब अच्छा है। उनके अनुसार जब 300 दिन की दुग्ध उत्पादन क्षमता को संग्रहित किया गया तो यह पाया गया कि दलदलीय भैंसों के मुकाबले संकर पशुओं की दुग्ध उत्पादन क्षमता दुगुनी (1659 कि. ग्रा.) हो गयी। इन भैंसों के दूध में वसा की मात्रा 8.9 प्रतिशत थी जो कि दलदलीय भैंसों के दूध में पायी जाने वाली वसा की मात्रा (9.8 प्रतिशत) से थोड़ी ही कम है। संकर जानवरों की बढ़ोतरी दर भी अधिक थी तथा इनमें माँस की मात्रा (ड्रेसिंग प्रतिशत) भी दलदलीय भैंसों से अधिक थीं। मलेशिया, वियतनाम, थाईलैण्ड तथा फिलीपीन्स में भी इस तरह के संकरण की प्रक्रिया जारी हैं। इस संकरण के लिए नदी प्रजाति की मुर्रा तथा नीली रावी भैंसें ही प्रयुक्त की जाती हैं। संकरण दलदलीय भैंसों के नस्ल सुधार के लिए एक सीधा एवं आसान उपाय है। इस कार्यक्रम के द्वारा उन भैंसों के उपयोगी लक्षणों में आशातीत बढोतरी की जा सकती है तथा यह बढ़ोतरी चयन प्रक्रिया द्वारा सम्भव नहीं है। परन्तु इस कार्यक्रम को विस्तृत रूप में लागू किये जाने से पहले कुछ मुख्य सवाल उठते हैं जो कि इस प्रकार हैं :

1. क्या इस प्रक्रिया द्वारा तैयार किये गये बच्चे आगामी संततियों में ठीक प्रकार से संतानोपत्ति कर सकेंगे ?
2. इस प्रकार के कार्यक्रम को इतनी बड़ी संख्या पर लागू करने का क्या परिणाम होगा?

इन संकर पशुओं के गुणसूत्रों का अध्ययन करने से पता चलता है कि इनमें 49 गुणसूत्र पाये जाते हैं जबकि नदी प्रजाति की भैंसों में 50 तथा दलदलीय प्रजाति की भैंसों में 48 गुणसूत्र पाये जाते हैं। इस तरह के गुणसूत्र के मिलन का भैंसों के जन्मदर पर क्या प्रभाव पड़ेगा यह अभी निश्चित नहीं हो पाया है, परन्तु अभी तक के अनुभव के आधार पर ऐसा समझा जाता है कि कोई बड़ी समस्या पैदा नहीं होने वाली है। फिर भी विशेषज्ञों ने शुद्ध संकर दलदलीय भैंसों की कुछ संख्या अलग रखने की सलाह दी है।

आधुनिक तकनीक के द्वारा नस्ल सुधार के कुछ नये तरीके भी अब सम्भव हो पा रहे हैं। उनमें से कुछ निम्नलिखित हैं :

बहु डिम्बक्षरण भ्रूण प्रतिरोपण

Multiple Ovulation Embryo Transfer (MOET) with Open Nucleus Breeding System (ONBS)

यह नस्ल सुधार का नया तरीका है तथा भविष्य में इससे काफी आशायें हैं परन्तु अभी इसका उपयोग सीमित ही है। ऐसा इसलिए है क्योंकि भैंसों में अण्डे प्राप्त करने की पद्धति गायों के मुकाबले में कम सफल है। अनेक अण्डे प्राप्त करने की पद्धति में पशु को कुछ हारमोन्स के इन्जेक्शन (FSH-P) दिये जाते हैं। ये हारमोन्स मस्तिष्क की ग्रन्थियों पर अपना प्रभाव डालते हैं जिससे एक समय में डिम्ब ग्रन्थी से एक अण्डे की बजाय कई अण्डे तैयार हो कर निकलते हैं। यह हारमोन्स हर पशु के लिए थोड़े भिन्न होते हैं तथा हर पशु

पर वांछित मात्रा में प्रभाव दिखाने के लिए इनकी मात्रा भिन्न होती है। ऐसे प्रयास जारी हैं जिससे भैंसों में इसकी वांछित मात्रा तथा भैंसों के लिए खासतौर से उपयोगी हारमोन्स का चयन तथा उत्पादन किया जा सके। विश्व में भैंसों में भ्रूण प्रत्यारोपण तकनीक अभी परीक्षण अवस्था में है। अमेरिका में फ्लोरिडा नामक विश्व विद्यालय में कार्यरत डा0 मार्टन ड्रोस्ट ने सन् 1983 में इस पद्धति द्वारा भैंस का पहला बच्चा प्राप्त करने का श्रेय प्राप्त किया। भारत में इस प्रकार के कार्यक्रम दिल्ली, करनाल, लुधियाना, बरेली, हिसार तथा कुछ अन्य शहरों में मुख्यतः सरकारी संस्थानों और विश्वविद्यालयों में केन्द्रित हैं। हिसार के केन्द्रीय भैंस अनुसंधान संस्थान को अपने यहां किये गये प्रयोगों से एक ही बार में 6 बच्चे इस विधि द्वारा पैदा करने का श्रेय प्राप्त है। राष्ट्रीय डेरी अनुसंधान संस्थान और राष्ट्रीय डेरी विकास निगम इस कार्य में पूर्ण रूप से जुटे हुए हैं और इस कार्य में काफी सफलताएं प्राप्त की हैं। अन्य नयी तकनीकों में निम्न शामिल हैं :

परखनली निषेचन (In-vitro fertilization)

इसे संक्षेप में परखनली में शिशु बनाने की विधि भी कहा जा सकता है। करनाल के राष्ट्रीय दुग्ध अनुसंधान संस्थान में डॉ0 एम. एल. मदन की देखरेख में हुए प्रयोगों से विश्व का पहला भैंस का बच्चा इस विधि द्वारा बनाने का श्रेय प्राप्त है। इस तकनीक में वध किए हुए जानवरों की डिम्ब ग्रन्थि का इस्तेमाल किया जाता है। जैसा कि मालूम है कि एक डिम्ब ग्रन्थि में बड़ी संख्या में अण्डे पाये जाते हैं और इन अण्डों को निकाल कर उनका परीक्षण किया जाता है। ठीक पाये जाने वाले अण्डों को विशेष घोल में विशेष कक्ष में रखा जाता है तथा वीर्य द्वारा निषेचित किया जाता है। ऐसा ध्यान रखा जाता है कि इस प्रक्रिया में जीवाणुओं का प्रवेश न हो पाये। सभी उपकरणों को विशेष विधि द्वारा जीवाणु रहित कर लिया जाता है तथा पूरा कार्य एक जीवाणु रहित कक्ष कार्बन डाईआक्साइउ ऊष्मायित्र में किया जाता है।

भ्रूण कृन्तकीकरण (Closing of Embryos)

इस विधि में एक ही भ्रूण से अनेक बच्चे पैदा किये जा सकते हैं। इस प्रकार पैदा होने वाले सभी बच्चे अपने आनुवंशिक गुणों में एक समान होते हैं। यह विधि अभी तक पादप विज्ञान में काफी उपयोगी सिद्ध हुई है, परन्तु जीव विज्ञान में अभी परीक्षण तक ही पहुंच पायी है। ऐसी आशा की जाती है कि यह तकनीक भविष्य में भैंस नस्ल सुधार कार्यक्रम के लिए काफी उपयोगी सिद्ध होगी तथा दूसरी विधियों के साथ मिलकर यह अनेक अण्डे भ्रूण प्रत्यारोपण विधि के लिए खासतौर पर उपयोगी होगी।

भ्रूण का लिंग निर्धारण (Sexing of Embryos)

यह विधि भी अभी प्रयोगशाला स्तर पर ही सीमित है परन्तु भैंस नस्ल सुधार कार्यक्रम में इसका योगदान उपयोगी साबित होगा। ऐसा समझा जाता है कि भविष्य में मशीनीकरण

के कारण बोझा ढोने वाले नर भैंसों की आवश्यकता नगण्य हो जायेगी। हिमशीतित वीर्य तथा कृत्रिम गर्भाधान विधि के अधिक प्रचलन होने से भी भविष्य में नर भैंसों की आवश्यकता में काफी कमी आ जायेगी। भ्रूण का नर या मादा जल्दी से पता लगने से बहुत अवांछित नर बछड़ों को पैदा होने से रोका जा सकेगा तथा नस्ल सुधार कार्यक्रम में तेजी लायी जा सकेगी। इन नयी जीव तकनीकों को उपयोग में लाने के लिए काफी धन, प्रशिक्षित कर्मियों तथा विशेष उपकरणों की आवश्यकता पड़ेगी। परन्तु इससे होने वाले लाभ भैंस नस्ल सुधार कार्यक्रम में उल्लेखनीय प्रगति ला सकेंगें। भ्रूण एवं वीर्य शीतकरण विधि से जानवरों को नस्ल सुधार के लिए एक जगह से दूसरी जगह ले लाया जाना न केवल आसान हो गया है बल्कि उन जगहों में जहां पहले असम्भव था अब सम्भव हो गया है। उदाहरण के तौर पर जहां गाय या भैंसों को हवाई जहाज या जलपोतों से ले जाया जाता था वहां अब एक तरल नाइट्रोजन थर्मस में हजारों भैंस के बच्चे या उनको पैदा करने की क्षमता रखने वाले वीर्य को आसानी से एक स्थान से दूसरे स्थान तक ले जाया जा सकता है।

उपयोगी मापदण्ड (Economic parameters)

भैंसों के लिए उपयोगी लक्ष्य उनकी वृद्धि प्रजनन तथा उत्पादन से सम्बन्धित हैं।

वृद्धि दर

अलग–अलग आयु पर लिया गया शरीर का भार पशु की उन्नति का द्योतक है तथा किसी नस्ल के अपने वातावरण के अनुसार बललाव लाने की क्षमता को भी उजागर करता है। पशु का वजन तेजी से उसके वयस्क होने का द्योतक है। पशु का जल्दी वयस्क होना एक अच्छी बात समझी जाती है। क्योंकि पशु जितनी जल्दी वयस्क होगा उतनी ही जल्दी उसकी उत्पादन क्षमता शुरू होगी तथा पूरे जीवन काल में ज्यादा होगी। इसी प्रकार जिस पशु का वजन जन्म के समय ज्यादा होगा वह पशु तेजी से बढ़ेगा तथा जल्दी वयस्क होगा। भैंसों की बड़े आकार की नस्लों में जन्म के समय वजन 27 से 41 कि. ग्रा. तक पाया गया जबकि छोटे और मध्यम आकार की नस्लों में यह वजन 24 से 30 कि. ग्रा. तक होता है। कुछ विद्वानों का मत है कि साल में कुछ महीनों या मौसम का जन्म के समय वज्न पर कोई असर नही पड़ता परन्तु कुछ अन्य विद्वानों का मत इससे भिन्न हैं।इनका कहना है कि ग्रीष्म ऋतु में पैदा हुए बच्चे आषाढ़ ऋतु में पैदा होने वाले बच्चों से भारी होते हैं। बच्चे के जन्म भार पर माता और पिता के जन्म भार का उल्लेखनीय असर पड़ता है। आमतौर पर नर बच्चों का वजन मादा से अधिक पाया जाता है। वंशगतित्व एक ऐसा मापदण्ड है जिससे यह पता लगता है कि पिता व माता में पाये जाने वाली गुणवत्ता का कितना भाग बच्चों के अन्दर भी पाया जायेगा।यह मापदण्ड अच्छे पशुओं के चयन के लिए भी अत्याधिक उपयोगी है। अनेक विद्वानों द्वारा जनन भार के वंशगतित्व अनुमान 0.27 से 0.72 तक पाये गये (भट्ट और तनेजा, 1987)।

भार की वृद्धि दर भैंसों के जन्म से 36 महीने तक सीधी पायी जाती है। शर्मा तथा बसु के अनुमानानुसार नीली रावी भैंसों में यह वृद्धि दर 647 ग्राम (जन्म से 12 हफ्ते तक),

657 ग्राम (12 से 24 हफ्ते) तक, 552 ग्राम (24 से 36 हफ्ते तक), 512 ग्राम (36 हफ्ते से 1 साल तक), 410 ग्राम (एक साल से दो साल तक) तथा 217 ग्राम (दो साल से प्रथम ब्यांत की उम्र तक) प्रतिदिन पायी गयी है।

प्रजनन

प्रजनन सम्बन्धी लाभकारी मापदण्ड निम्नलिखित हैं :

- प्रथम गर्मी में आने के समय आयु–य़ोवनारम्भ (Age at Puberty)
- प्रति गर्भधारण में वीर्यदान की संख्या (Number of services per conception)
- एक निश्चित समय में पैदा होने वाले बच्चों की संख्या
- प्रथम ब्यांत के समय आयु (Age at 1st Calving)
- प्रसव से संसेचन दिन का अंतराल अथवा सर्विस काल (Service period)
- शुष्क अन्तराल (Dry period)
- ब्यांत के बीच में अन्तराल (Intercalving Period)

इनमें से कुछ मापदण्ड जानवरों में प्रजनन क्षमता (Breeding efficiency) मापने के लिए प्रयुक्त होते हैं।

प्रति गर्भधारण सर्विस की संख्या :

मुर्रा भैंसों के प्रति गर्भधारण वीर्यदान की संख्या (No. of services/conception) करीब 1.6 से 3.1 तक पायी गयी है। आमतौर पर झोटियों में यह दर ज्यादा होती है।

प्रथम गर्मी के समय आयु

इस मापदण्ड के बारे में बहुत कम आंकडे उपलब्ध हैं। बसु तथा उनके साथियों के अनुसार मुर्रा भैसों में यह आयु 30.6 महीने पायी जाती है। केकनी तथा पारगाउकर के अनुसार नागपुरी भैंसों में यह आयु 42 से 48 महीने बताई गयी है। अहमद (1996) के अनुसार पाकिस्तान मे नीली–रावी भैंसों में वयस्क होने की उम्र 35.4+-0.32 महीने पायी गयी है।

प्रथम ब्यांत के समय आयु

यह आयु मुर्रा तथा नीली–रावी भैंसों में करीब 40 से 44 महीने औसतन होती है। कुछ भैंसों में यह 55 महीने तक हो जाती है। सुरती, भदावरी तथा नागपुरी भैंसों में प्रथम ब्यांत के समय आयु कुछ ज्यादा (40 से 54 महीने) पायी जाती है। इस मापदण्ड के वंशगतित्व (Heritability) के अनुमान 0.12 से 0.78 तक बताये गये हैं।

प्रसव से संसेचन दिन का अंतराल (Service Period)

मुर्रा भैंसों में सर्विस काल (Service Period) 115 से 230 दिन तक होता है जबकि औसतन करीब 132 दिन कह सकते हैं। औसतन सर्विस काल (Service Period) नीली–रावी, भदावरी तथा मिस्र जाति की भैंसों में 201, 193 तथा 198 दिन बताया गया।

आमतौर पर अच्छे केन्द्रों में रखी गयी मुर्रा भैंसों में यह समय दूसरी भैंसों के मुकाबले काफी कम पाया जाता है। इस मापदण्ड का वंशगतित्व अनुमान आमतौर पर कम पाये गये तथा 0.08 (रेड्डी, 1980) से लेकर 0.22 (जैन, 1982) के मध्य ही बताये गये । सर्विस काल तथा दुग्ध उत्पादन में समानता (phenotypic correlation) 0.16 से 0.55 तक बताये गये हैं। इस समानता का अर्थ यह है कि जिन भैंसों का सर्विस काल ज्यादा होता है। वह ज्यादा देर तक दूध देती रहती है परन्तु दूध उत्पादन की क्षमता कम हो जाती है। यह काल 60-90 दिन तक अच्छा माना गया है, जिससे भैंस हर वर्ष ब्याह जाती है और अपने जीवन काल में अधिक दूध दे सकती है।

उत्पादन

उत्पादन से सम्बन्धित मापदण्ड निम्नलिखित हैं :

1. आंशिक दुग्ध स्रवण काल (Part lactation)
2. निरन्तरता (Persistency)
3. ब्यांत में दूध की मात्रा (Lactation milk yield)
4. एक ब्यांत में दुग्ध काल (Lactation length)
5. उत्पादन व्यय (Cost of Production)
6. दुग्ध संरचना (Milk composition)

शुष्क अन्तराल

भैंसों में 60 दिन का शुष्क अन्तराल अथवा दूध न देने की अवधि श्रेष्ठ मानी जाती है। यदि यह 30 तथा 60 दिन के बीच हो तो उत्पादन क्षमता पर प्रभाव नहीं पड़ता, परन्तु शुष्क काल इससे कम होने पर अगले ब्यांत में दुग्ध उत्पादन पर प्रतिकूल प्रभाव पड़ता है। अधिक लम्बा शुष्क काल होने पर उसी ब्यांत में दुग्ध उत्पादन कम हो सकता है और जीवन काल का उत्पादन भी कम हो जाता है। मुर्रा भैंसों में शुष्क काल 153 से 217 दिन तक पाया जाता है तथा इन आंकड़ों का औसत 160 दिन होता है। इस अन्तराल को अच्छी देखभाल और रख रखाव से कम किया जा सकता है।

ब्यांत अन्तर

विभिन्न नस्ल के पशुओं के औसत ब्यांत अन्तर भिन्न होते हैं। लम्बे ब्यांत अन्तरों पर वातावरण का बहुत प्रभाव पड़ता है। ब्यांत अन्तरों का वंशागतित्व मान (Heritability value) बहुत कम होती है। इससे दर्शित होता है कि ब्यांत अन्तर पर वातावरण का अधिक प्रभाव पड़ता है। मुर्रा, नीली–रावी तथा मिस्र की भैंसों में पहला ब्यांत अन्तराल 480-508 दिन के बीच में देखा गया है। पाकिस्तान की कुन्डी नस्ल में यह अन्तराल 592 दिन बताया गया है। ज्यादा दूध देने वाली भैंसों में यह अन्तराल कम दूध देने वाली भैंसों के मुकाबले में ज्यादा पाया गया।इस मापदण्ड के वंशागतित्व माप कम पाये गये। पारगांउकर और केकनी (1997) के अनुसार नागपुरी भैंसों में औसत ब्यांत अन्तर 432 दिन पाया गया। पोलीसोनाग तथा साथियों (1977) के अनुसंधान के अनुसार बुल्गारियन, मुर्रा

तथा बुल्गारियन मुर्रा संकर नस्ल की भैंसों में औसतन ब्यांत अन्तर 427, 443 तथा 439 दिन पाया गया। ओलूफा (1968) के अनुसार मिस्र की भैंसों में ब्यांत अन्तर औसतन 416 दिन पाया गया। कुछ विशेषज्ञों के अनुसार जन्म के समय मौसम का असर ब्यांत अन्तर पर पड़ता है।

ब्यांत का दुग्ध उत्पादन काल (Lactation period)

दुग्ध स्रवण काल का दुग्ध उत्पादन क्षमता से घनात्मक सम्बन्ध होता है। अधिक दूध देने वाली भैंसे अधिक दिनों तक दूध देती हैं परन्तु यह देखा गया है कि ऐसी भैंसों को फिर गर्भित होने में काफी समय लग जाता है जिससे वह अधिक लाभान्वित नहीं होतीं। एक अच्छे गुण वाली भैंस में 300-320 दिन का दुग्ध स्रवण काल होना चाहिए।

प्रतिदिन दुग्ध दुहने की संख्या

भैंसों को अक्सर दिन में दो बार दुहा जाता है। परन्तु अधिक दूध देने वाले पशुओं को तीन बार दुहा जाता है। प्रयोगों से सिद्ध हुआ है कि भैंसों को तीन बार दुहने से दुग्ध उत्पादन 15-20 प्रतिशत बढ़ाया जा सकता है। वयस्क पशुओं में यह वृद्धि अधिक तथा वृद्ध पशुओं में कम होती है।

पशु प्रजनन

अन्तः प्रजनन नजदीकी सम्बंधी पशुओं के मिलान को कहते हैं। इसके विपरीत यदि ऐसे नर तथा मादा को मिलाया जाये जिनकी पिछली चार पीढ़ियों के पूर्वजों में कोई संबंध न हो तो उसे बाह्य प्रजनन (Out breeding) कहते हैं।

भैंसों में नस्ल सुधार कार्यक्रम एक प्रकार के बाह्य प्रजनन है जिसे श्रेणी संकरण (upgrading) कहते हैं। इस प्रकार के प्रजनन में किसी विशेष नस्ल के भैंसा का प्रयोग

सारणी 3.1. पशुओं में गुणसूत्रों की संख्या

पशु	गुणसूत्र संख्या
गाय	60
दलदलीय भैंस	48
नदी प्रजाति की भैंस	50
बकरी	60
भेड़	54
ऊंट	74
सूकर	40
घोड़ा	60
गधा	64
खरगोश	44

अपरिभाषित नस्ल के पशुओं को गर्भित कराकर नस्ल सुधारने का काम लिया जाता हैं। भैंसों में मुख्यतः मुर्रा नस्ल के भैंसे इस कार्य में उपयोगी सिद्ध हुए हैं।

अन्तः प्रजनन में पशुओं की नस्ल तो एक जैसी हो जाती है लेकिन कुछ ऐसे अवगुण जो कि पशुओं में लुप्त थे, आने वाली पीढ़ियों में सामने आ जाते हैं। जिसमें बच्चों में कम बढ़ोतरी, मृत्युदर बढ़ना, रोगों से बचने की कम शक्ति, कम दूध उत्पादन मुख्य हैं। इसी कारण इन कमियों से बचने के लिए अन्तःप्रजनन, दूध उत्पादन दृष्टि से लाभकारी नहीं है। इसलिए जरूरी है कि निकट रिश्तों के पशुओं को आपस में नहीं मिलाना चाहिए।

गुणसूत्र (Chromosomes)

गुणसूत्र कोशिका के नाभिक में पाये जाते हैं। यह धागे की तरह होते हैं तथा कोशिका विभाजन के समय दिखाई देते हैं। इन गुणसूत्रों पर पशु के गुण निर्भर होते हैं। किसी एक नस्ल के पशु की कोशिकाओं में पाये जाने वाले गुणसूत्रों की संख्या निश्चित होती है। कुछ सामान्य पशुओं के गुणसूत्रों की संख्या सारणी 3.1 में दी है।

अध्याय 4

भैंस प्रबन्ध

विचारों, सुविधाओं, अवसरों, सामानों और श्रम को संयोजित करके किसी उपयोगी वस्तु या सेवा का सफलतापूर्वक उत्पादन और बिक्री करने की कला और अनुसंधान के सुचारू प्रयोग को प्रबन्ध कहते हैं। पशु प्रबन्ध भी एक कला तथा विज्ञान है। समुचित और उत्तम व्यवस्था के ऊपर ही पशु व्यवसाय की सफलता जुड़ी है। भैंस पालन की व्यवसायिक सफलता के लिए जरूरी है कि भैंस नियमित रूप से प्रजनन करती रहे तथा भैंस का शुष्क अंतराल कम से कम रहे। भैंस प्रबन्ध वैज्ञानिक ढंग से किया जाना चाहिए, तभी भैंसों के पालने से अधिक लाभ प्राप्त किया जा सकेगा। पशु स्वास्थ्य अति आवश्यक है। बीमार भैंस दूध कम या नहीं देगी तथा उपचार में दवाई इत्यादि पर व्यय भी होगा। इसलिए ऐसे उपाय किये जाये कि भैंस बीमार न पड़े या कम से कम बीमार हो। अतः देखभाल व रख रखाव में बहुत ही धैर्य और सावधानी की आवश्यकता होती है।

भैंस जैसा कि पहले बताया गया है कि संसार के अविकसित तथा प्रगतिशील देशों में पायी जाती है तथा संसार के विकसित देशों में इनकी संख्या नगण्य है। भैंसें अधिकतर छोटे किसानों तथा भूमिहीन मजदूरों द्वारा पाली जाती हैं। कुछ सम्पन्न किसान तथा शहरों में धनी व्यवसायी भी थोड़ी मात्रा में भैंस रखते हैं। परन्तु इनकी तुलना विकसित देशों में पाये जाने वाले उद्योग से नहीं की जा सकती। जहां विकसित देशों में पशु पालन व्यवसाय के तौर पर लिया जाता है तथा प्रतिं फार्म पशुओं की सख्या 100 से लेकर हजारों में पायी जाती है वहीं विकासशील देशों में भैंसें कृषि के एक सहयोगी उद्यम के रूप मे पाली जाती हैं तथा उनकी संख्या, प्रति पशु पालक 1 से लेकर 25 तक पायी जाती है। इनमें से उन पशु पालकों की संख्या बहुत अधिक है जो केवल एक या दो भैंसें अपने परिवार की दूध आपूर्ति के लिए रखते हैं। इन भैंसों को घर से बाहर, आंगन में, पिछवाड़े में या गली के किसी कोने पर बांध कर रखा जाता है तथा इनकी आहार व्यवस्था स्टाल फीडिंग (stall feeding) के अनुसार की जाती है। इन भैंसों को हरा और सूखा चारा तथा थोड़ी मात्रा में दाना दिया जाता है क्योंकि पशुपालकों की आर्थिक स्थिति ज्यादा अच्छी नहीं होती है तथा साधनों की कमी उनको पशु पालन के उन्नत तरीकों से पालने में बाधक है। ये पशु पालक असंगठित हैं तथा दूर दराज के इलाकों में फैले हुए हैं। इसी कारण पशु विकास से सम्बन्धित विभिन्न जानकारियां इन तक नहीं पहुँच पाती हैं।

पशुओं को जहां संतुलित आहार नहीं मिल पाता वहीं चिकित्सा सुविधाओं की कमी भी खटकती है। इसलिए भैंस प्रबन्ध के तरीके ऐसे होने चाहिए जिनको कि सामान्य पशु पालक उपयोग में ला सकें तथा लाभान्वित हो सकें। इन पशु पालकों के भैंस पालन के

तरीकों में सुधार लाने के लिए निम्नलिखित सुझाव आवश्यक हैं।

1. छोटे पशु पालकों को उत्तम नस्ल की भैंस खरीदने तथा पालने के लिए पर्याप्त ऋण व्यवस्था।
2. कोआपरेटिव सोसायटी के माध्यम से सस्ते एवं संतुलित आहार प्रदान किये जाने की व्यवस्था।
3. छोटे पशु पालकों को निकटतम पशु चिकित्सा से सुविधायें प्रदान करना।
4. पशु पालकों को अच्छी नस्ल के सांड़ उपलब्ध कराना, क्योंकि उत्तम नस्ल वाले सांड़ों के अभाव में अनावश्यक अशुद्ध नस्ल के सांड़ से ही भैंसों को मिलाया जाता है। उन पशुओं से निम्न कोटि के अनुत्पादक पशु मिलते हैं जो कि बाद में पशु पालकों के लिए समस्या ही नहीं अपितु भूमि पर भार के रूप होते हैं। इस दिशा में प्रशीतित वीर्य (Frozen Semen) की सप्लाई एक अहम भूमिका निभा सकती है।
5. पशु पालकों को पशु पालने के उन्नत तरीकों की समय–समय पर समुचित जानकारी तथा प्रशिक्षण दिया जाना चाहिए। इस कार्य में ग्रामीण विकास से सम्बन्धित संस्थायें, पशु पालन विकास के अधिकारी और कर्मचारी तथा प्रगतिशील किसान अपनी एक अहम भूमिका निभा सकते हैं। समय–समय पर पशु मेलों तथा विचार गोष्ठियों का आयोजन इस दिशा में एक महत्त्वपूर्ण भूमिका निभा सकता है।
6. पशु पालकों के पशु उत्पाद की समुचित बिक्री व्यवस्था प्रदान करना। समुचित भंडारण तथा बिक्री व्यवस्था के अभाव के कारण पशु पालकों द्वारा उत्पादित दूध, मांस, इत्यादि नष्ट हो जाते हैं, जिससे पशु पालकों को अनावश्यक रूप से हानि उठानी पड़ती है।

भैंसों की पहचान के तरीके

भैंस की पहचान के लिए भैंसों का निशान या नाम लिखे जाते हैं। यह निशान या नाम अथवा संख्या भैंसों को दाग कर, गोद कर लगाए जाते हैं। भैंसों के कान में धातु या प्लास्टिक के टैग्स भी लगाये जाते हैं तथा कान में ग्वांचा भी लगाया जा सकता है। यह नाम आमतौर पर भैंस के पुट्ठों पर लगाये जाते हैं।

दागना

इस विधि में लोहे की संख्या एवं अक्षर वाली छड़ों को आग में लाल करके पुट्ठों पर रखकर त्वचा को जलाकर निशान बनाते हैं। बछड़ों को एक वर्ष की आयु में दाग दिया जाता है। दागना शुष्क और मक्खी रहित मौसम में करना चाहिए। दागने से पहले पशु को जमीन पर लिटाकर मजबूती से पकड़ लेना चाहिए। दागने के तुरंत बाद जिंक आक्साइड या फिनाईल में मिले हुए सरसों के तेल को जली हुई त्वचा पर लगा देना चाहिए। इसके बाद पशु को सूखे तथा स्वच्छ बाड़े में रखना चाहिए।

भैंसों के लिए घर या बाड़ा

भैंस के लिए बाड़े का उद्देश्य यह है कि भैंस को अत्यंत खराब मौसम के दुष्प्रभाव से बचाना तथा रहने के लिए अच्छा वातावरण प्रदान करना। इस प्रकार भैंसों को अच्छा दूध देने लायक बनाया जा सकता है तथा उनकी बढ़ोतरी भी अच्छी होती है। हमारे देश में अधिकतर छोटे–छोटे किसान अपने पास 1-25 तक भैंसें रखते हैं। वह अपनी आर्थिक स्थिति के अनुसार उन्हें निम्न प्रकार का घर प्रदान करते हैं :

1. पेड़ की छाया में बांध देना
2. घर के नजदीक, छाया में बांध देना
3. कच्चे झोपड़ें बना कर उनमें बांध देना ।
4. लकड़ी या गारा मिट्टी की दीवारों से बने बाड़ों में खुला छोड़ देना।

कुछ विद्वान मुक्त आवास व्यवस्था की सिफारिश करते हैं। जिसमें एक तिहाई भाग ऊपर से ढका हुआ तथा बाकी भाग खुला होता है। ऐसे बाड़े में ताजे पानी का इन्तजाम होता है और पशु खुले में अपनी मनमर्जी से घूमते हैं, बैठते और खड़े होते हैं।

पशुशाला का निर्माण

डेरी फार्म जिनमें भूमि की कम व्यवस्था हो, उनमें दो प्रकार की पशु शालायें बनाई जाती हैं। (1) एक पंक्ति वाली, (2) दोहरी पंक्ति वाली। जब भैंसों की संख्या 20 से अधिक हो जाती है तो दोहरी पंक्ति पशु शाला बनाई जाती है जिनमें पशुओं को दो प्रकार से रखा जाता है (1) सिर आमने सामने वाली पद्धति (2) पूँछ से पूँछ वाली पद्धति ।

पशुशाला के लिए भवन निर्माण में फर्श, दीवारें, खिड़की, दरवाजे तथा छत का विशेष महत्व है। फर्श फिसलने वाला न हो तथा ऐसा हो जो आसानी से साफ किया जा सके। टिकाऊ, मजबूत तथा ऐसा हो जहां पानी इकट्ठा न हो सके। कीमत भी कम होनी चाहिए। आमतौर पर ईटों का फर्श इस दृष्टि से काफी उपयुक्त पाया गया है। पशुशाला में नालियों तथा पानी की व्यवस्था का विशेष महत्व है। प्रकाश व्यवस्था भी उत्तम होनी चाहिए।

पशुशाला में हवा के आने जाने की व्यवस्था ठीक होनी चाहिए। चारे की नादों की निश्चित समय पर सफाई होती रहनी चाहिए।

भैंसों में दन्त विन्यास और आयु की जानकारी

एक भैंस औसतन 20-25 वर्ष तक जीवित रहती है। भैंस की उत्पादकता अथवा उपयोगिता उम्र की वृद्धि के साथ–साथ घटती जाती है। एक विशेष आयु होती है जबकि जानवर की उत्पादकता चरम सीमा पर होती है। भैंस सबसे अधिक दूध दूसरे या तीसरे दुग्ध स्रवण अथवा 7 साल की आयु में देती हैं। बीमारी से लड़ने की शक्ति वृद्ध पशुओं की अपेक्षा युवा पशुओं में अधिक होती है। इसलिए जानवरों की आयु का जानवरों को पालने वाले तथा बेचने और खरीदने वालों के लिए व्यवहारिक महत्त्व है।

चूंकि आमतौर पर जानवरों के पैदा होने की तिथि नहीं रखी जाती इसलिए उनकी आयु के अनुमान के लिए अप्रत्यक्ष तरीके प्रयोग किये जाते हैं।

दांतों से आयु का अनुमान

दन्त विन्यास का अध्ययन इन अप्रत्यक्ष तरीकों में से प्रमुख है। भैंस के बच्चों में पैदाइश के समय केन्द्र एवं द्वितीय जोड़ी कर्तन दन्त मसूड़ों के बाहर निकले होते हैं तथा अन्य दांत इस समय मसूड़े के ही अन्दर होते हैं। सभी स्थाई दांतों के निकलने के पश्चात आयु का अनुमान दांतों की घिसाई और आकार से किया जाता है। छः वर्ष की आयु में पशु की केन्द्रीय कर्तन दन्त की ऊपरी सतह घिसकर समतल हो जाती है तथा द्वितीय और तृतीय जोड़ी कर्तन दन्तों की सतह कुछ हद तक समतल हो जाती है। कोने के कर्तन दन्त की सतह बहुत कम घिसी होती है। धीरे–धीरे दस वर्ष की आयु तक दांत घिसते हैं। उसके पश्चात दांत अधिक घिसे हुए दिखायी पड़ते हैं। उम्र के साथ जबड़ों में दांतों की स्थिति में भी धीरे–धीरे परिवर्तन होने लगते है। सर्वप्रथम मुंह में दांत घोड़े की नाल जैसा आकार बनाते हैं लेकिन आयु के बढ़ने के साथ–साथ दांत सीधी रेखा में आने लगते हैं। वृद्धावस्था में दाँतों का शिखर घिस जाता है और केवल जड़ शेष रह जाती है।

अस्थायी दन्त विन्यास	0	0	3	0	= कुल 20
	4	0	3	0	
स्थायी दन्त विन्यास	0	0	3	3	= कुल 32
	4	0	3	3	

सींगों एवं अन्य लक्षणों से आयु का अनुमान

भैंस के सींग के छल्ले भी कभी–कभी आयु का अनुमान लगाने में सहायक होते हैं। प्रथम छल्ला सींग के आधार (जड़) पर प्रायः तीन वर्ष की आयु में बनता है और फिर प्रतिवर्ष एक छल्ला और आ जाता हैं। छल्लों की संख्या में दो जोड़कर भैंस की आयु का अनुमान लगाया जा सकता है। परन्तु धोखा देने वाले अधिक पैसा कमाने के लालच में बेचने से पहले इन छल्लों को रेती से रगड़ देते हैं इसलिए यह ढंग विश्वसनीय नहीं है। पशु की सेहत देख कर पशु की आयु का अनुमान लगाया जाता है। बूढ़ा पशु मनुष्य की तरह अस्थि सन्धियों में कमजोर और धीमी गति से चलता हैं उनकी ढीली त्वचा होती है और मुख से दांत गिर जाते हैं। बूढ़े पशुओं के आंख के पीछे तथा कान के बीच के टेम्पोरल क्षेत्रों में गड्ढा बन जाता हैं। इसके विपरीत युवा अवस्था में पशु का शरीर सुन्दर, सुडौल, चुस्त, चमकदार त्वचा तथा कम चर्बी होती है। यदि वृद्ध पशु को भी अच्छी खुराक दी जाए और उसकी अच्छी देखभाल हो तो सभी गुण दिखाई पड़ते हैं। इसलिए यह ढंग भी विश्वसनीय नहीं है। इन विधियों की कमियों को देखते हुए यह आवश्यक है कि पशुओं का जन्म का लेखा–जोखा रखना चाहिए ताकि जन्म तिथि से ठीक–ठीक जानकारी हो और भैंसों के अच्छे प्रबंध में सहायक हो।

सींग रहित करना

यद्यपि दूध देने वाले पशु जैसे भैंस तथा गाय इत्यादि में सींग पशु की नस्ल की पहचान का मुख्य चिन्ह है परन्तु सींग के होने या न होने से पशु की दुग्ध की उत्पादन क्षमता पर कोई असर नहीं पड़ता। पुराने समय में भैंस की मुर्रा नस्ल का नामकरण उसके मुड़े हुए सींगों की वजह से पड़ा था। आज भी अच्छी मुर्रा नस्ल की भैंस की पहचान का पहला लक्षण सींग माना जाता है। भैंस की अन्य नस्लें जैसे कि नागपुरी इत्यादि भी अपने विशिष्ट प्रकार के सींगों के लिए प्रख्यात हैं, परन्तु सींग कभी–कभी हानिकारक भी सिद्ध हुए हैं। भैंसें कभी–2 लड़ पड़ती हैं तथा सींगों की सहायता से एक दूसरे को न केवल घायल कर देती हैं बल्कि कभी–कभी आंखों तथा थनों आदि नाजुक अंगों को भी चोट पहुंचा सकती हैं। नर भैंसों की लड़ाई में सींग एक अहम् भूमिका अदा करते हैं। बलवान नर भैंसा कमजोर नर भैंसा को सींग से मार कर अधमरा कर देता है तथा कभी-कभी कमजोर भैंसा मर भी जाता है।

कुछ विशेषज्ञ इसलिए आरम्भ में ही इनसे छुटकारा दिलाने की सलाह देते हैं परन्तु इस विधि के उपयोग के बारे में मतभेद हैं। अब कृत्रिम गर्भाधान पशुओं के प्रजनन में उपयोगी सिद्ध हो रहा है और भैंसों को आमतौर पर बांध कर रखा जाता हैं उस स्थिति में सींग रखना पशु की शोभा को बढ़ाता है। भारत में राष्ट्रीय दुग्ध अनुसंधान संस्थान, करनाल में भैंसों को शुरू में ही सींग रहित कर दिया जाता है, परन्तु केन्द्रीय भैंस अनुसंधान संस्थान, हिसार में भैंसों को सींग रहित नहीं किया जाता। सींग रहित करने की कई विधियां प्रयोग में लाई जाती हैं।

कास्टिक छड़ी द्वारा

इस विधि का प्रयोग छोटे बच्चों पर किया जाता है। यह विधि जन्म के बाद 7-15 दिन के अन्दर प्रयोग में लाई जाती है। कास्टिक की बत्ती रगड़ कर सींग खत्म करने के लिए पहलें सींग निकलने के स्थान के आस–पास चारों ओर से बालों को काट दिया जाता है। फिर किनारे पर चारों तरफ वैसलीन लगा दी जाती है ताकि रगड़ते समय कास्टिक फैल न सके। अब बत्ती को पानी में भिगोंकर सींग के बटन पर रगड़ा जाता हैं। यह रगड़ाई तब तक की जाती है जब तक कि वहां से खून न निकल आए। जब खून आ जाता है तो रगड़ना बन्द करके उस पर तारपीन या कोलतार का लेप या कोई कीटनाशक मलहम लगा देना चाहिए।

बिजली के यंत्र से

यह यंत्र विशेष रूप से इसी काम के लिए बनाया गया हैं। बड़े फार्मो पर इसका प्रयोग होता है। इसका प्रयोग छोटे बच्चों के सींग खत्म करने के लिए किया जाता है और इस क्रिया को एक सप्ताह से पहले कर देना चाहिए।

गर्म लोहे या आरी से

बड़े होने पर भैंस के सींग समाप्त करना आसान नहीं होता। विशेष परिस्थितियों में सींग को आरी से काटते हैं या फिर धारदार लोहा गर्म करके उसकी सहायता से सींग काट देते हैं यह विधि तब अपनाई जानी चाहिए जब सींग बेढंगे निकलें, पशु को दुख दें या सींग को कैंसर होने का अंदेशा हो।

भैंसों की प्रजनन क्षमता बढ़ाना

निम्नलिखित तरीके अपनाकर भैंसों की प्रजनन क्षमता में सुधार किया जा सकता :

1. *टीजर बुल द्वारा गर्मी में आने की जांच :* बहुत सी भैंसें मद में आने के लक्षण को स्पष्ट प्रदर्शित नहीं करती या बहुत थोड़ी अवधि के लिए प्रदर्शित करती हैं। अतः हर समय चार से छः घन्टे के अन्तर से खस्सी किया हुआ पाड़ा उनके बीच में छोड़ना चाहिए। लगभग 60 प्रतिशत भैंसें मद में आने के लक्षण 2 बजे रात्रि से 8 बजे प्रातः तक प्रदर्शित करती हैं। अतः इस अवधि के दौरान उन पर चौकसी रख कर उनको पहचाना जा सकता है।
2. *उचित समय पर गर्भाधान :* मद में आने के लक्षण प्रदर्शित करने के 14 घण्टे बाद तथा 20 घण्टे के अन्दर गर्भाधान करवायें। यह गर्भ धारण करने का आदर्श समय है।
3. *अच्छे किस्म का वीर्य :* गर्भधारण के लिए आवश्यक है कि गर्भाधान कुशल तकनीशियन द्वारा अच्छे वीर्य से किया जाये। यदि वीर्य में शुक्राणुओं की चलनशीलता या घनत्व अधिक और असामान्य शुक्राणुओं का प्रतिशत कम हो तो वीर्य उत्तम माना जाता है। एक भैंस को गर्भित करने के लिए कम से कम कुल पांच करोड़ अथवा 2 करोड़ चलशील शुक्राणु का होना जरूरी माना जाता है।
4. *बांझपन का इलाज :* यदि भैंस मद में आती ही न हो तो खनिज मिश्रण तथा संतुलित आहार दें। यदि फिर भी मद में न आये तो उसकी जांच पशु चिकित्सक से करवायें। यदि उसमें कोई खराबी जैसे कि बांझपन हो तो ईलाज तुरंत करवायें। ऐसा पशु अनुत्पादक तथा बोझ हो सकता है।

अधिक लाभ के लिए नियमित प्रजनन आवश्यक है। अतः ऊपर लिखित सुझावों को ध्यान में रखा जाना चाहिए।

भैंस / भैंसें को बधिया करना

जब पशुओं में जनन ग्रन्थि क्रियाएं समाप्त कर दी जाती हैं तो उसे ब्रधिया करना कहते हैं। भैंसा को अक्सर बधिया किया जाता है। इसके कई कारण हो सकते हैं। परन्तु मुख्य रूप से जो होते हैं वह निम्न हैं :

1. दूषित प्रजनन को रोकने तथा नियन्त्रित प्रजनन अपनाने के लिए जिस भैंसा का यह पता लग जाता है कि यह अच्छे गुणों वाला नहीं है तो उसको प्रजनन से

रोकने के लिए बधिया कर देना ठीक रहता है।

2. टीजर बुल बनाने के लिए भी भैंसा को बधिया किया जाता है।
3. कुछ लोग बैलगाड़ी में जोतने के लिए भैंसा को बधिया कर देना अच्छा समझते हैं।

   टीजर बनाने के लिए अथवा बोझा ढोने के लिए भैंसा को डेढ़ से दो वर्ष की आयु के बाद बधिया किया जाना चाहिए।

बधिया करने के लिए विभिन्न विधियों का प्रयोग किया जाता है। इनमें मुख्य विधियाँ निम्न प्रकार हैं :

1. वृषण को हथोड़े से पीटना : – भैंसा को कस कर बांध दिया जाता है तथा वृषण को हथोड़ों से पीटा जाता है जिससे वृषण कार्य करना बन्द कर देता है। यह विधि कष्टप्रद है तथा आजकल इसका प्रचलन नहीं के बराबर है।
2. वृषण को आप्रेशन के द्वारा काट कर निकाल दिया जाता है। यह विधि कुशल शल्य चिकित्सक की देखरेख में ही की जानी चाहिए।
3. बुर्डिज्जोंको कास्ट्रेटर एक यंत्र है जो कि वृषण रज्जु को दबा देता है, ऐसा करने से वृषण में रक्त, आक्सीजन तथा भोजन आना बन्द हो जाता है और वृषण के अन्दर सभी प्रकार की क्रियाएं बन्द हो जाती हैं जिसके फलस्वरूप इसमें शुक्रजन क्रिया नहीं होती है और शुक्राणु बनने बन्द हो जाते हैं।
4. पशु के वृषण को रबर के छल्लों की सहायता से रक्त संचार से वंचित कर देते हैं तथा इस प्रकार वृषण की कार्यकुलता क्षीण हो जाती है।
5. राष्ट्रीय इम्युनोलोजी संस्थान, नई दिल्ली से तलसुर नाम की वेक्सीन विकसित की है जिसके लगाने से भैंसा के वीर्य में शुक्राणुओं की संख्या नगण्य हो जाती है।

भैंस का दूध निकलना

भैंस का दूध मुख्यतः हाथ से निकाला जाता है। थन की लम्बाई छोटी होने के कारण मशीन से दूध निकालने में थोड़ी दिक्कत आती है। मशीन से दूध निकालने की विधि भैंसों में अभी प्रचलित नहीं हो पाई है। परन्तु बड़े फार्मो पर जहां मजदूरी अधिक देनी पड़ती है, भैंसों का दूध मुख्यतः मशीन से ही निकाला जाता है तथा इसके इच्छे परिणाम मिले हैं। मशीन से निकाला हुआ दूध कीटाणु रहित होता है और दुधारू पशुओं में थनों के रोग भी कम हो जाते हैं।

भैंस का दूध निकालने वाले ग्वाले की सफाई

1. दूध निकालने वाला व्यक्ति स्वस्थ तथा संक्रामक रोग रहित होना चाहिए।
2. खांसी, जुकाम, खुजली आदि रोगों से पीड़ित व्यक्ति को दूध नहीं निकालना चाहिए।

3. दूध दूहने से पूर्व हाथ धो कर सुखा लें, गीले हाथों से दूध नहीं दुहना चाहिए।
4. नाखून साफ तथा कटे हुए होने चाहिए।
5. कपड़े साफ होने चाहिए।

भैंस को प्रदशर्न के लिए तैयार करना

पशु प्रदर्शन लगाने का उद्देश्य सभी प्रकार के पशुधन व्यवसाय को प्रोत्साहित करना, दर्शकों व पशु व्यवसायी में प्रतिस्पर्धा उत्पन्न करना तथा पशु उत्थान को बढ़ावा देना है। पशु प्रदर्शनी में श्रेष्ठ पशुओं के पालकों को ईनामों तथा प्रशंसा पत्रों द्वारा सम्मानित किया जाता है। पशु उत्पादकों को आपसी विचार विनिमय से पशु के खान–पान, रख–रखाव इत्यादि के विषय में नये–नये प्रयोगों की जानकारी प्राप्त होती है। सरकार को अपनी योजनाओं तथा पशु उत्थान के नये आयामों को विशाल जन समूह के सामने रखने का अवसर मिलता है।

नवजात शिशु की देखभाल

अगर बच्चे के ऊपर झिल्ली प्रसव के समय नहीं फटी हो तो उसे बच्चे के सिर के ऊपर से तुरंत हटा देना चाहिए।

बच्चे के जन्म लेते ही उसकी नाक को सर्वप्रथम मुलायम कपड़े से साफ करना चाहिए। तत्पश्चात सारे शरीर को पोंछना चाहिए। बच्चे की नाभि को स्वच्छ तौलिये से टिंचर आयोडीन या ऐन्टीसेपटिक दवाई लगाने के उपरान्त ढकना चाहिए। वैज्ञानिक तौर पर नाभि को जड़ से 5–7 सें. मी. छोड़कर कैंची से काट देना चाहिए। बच्चे को जन्म के 2–4 घन्टे के अन्दर खीस अवश्य पिलानी चाहिए। इससे बच्चों में रोगों से लड़ने की शक्ति बढ़ती है। बच्चों को 30 से 45 दिन की उम्र के बीच प्रथम बार गोल कीड़ों को मारने के लिए दवाई देना आवश्यक है। इस हेतु पाइपरजीन, फेनवेडाजोल, बैनामिथ्रं या कोई अन्य पेंट के कीड़े मारने की दवा देनी चाहिए।

प्रायः ऐसा देखा गया है कि भैंसों के बच्चे अधिक संख्या में मर जाते हैं। ऐसा इसलिए होता है कि उनमें सूक्ष्म विषाणुओं से लड़ने की क्षमता कम होती है। लेकिन पर्याप्त मात्रा में खीस तथा दूध पिलाकर तथा उचित देखभाल द्वारा उनकी मृत्युदर घटाकर 5 प्रतिशत तक की जा सकती है। भैंस के बच्चों की देखभाल के लिए सारणी 4.1 उपयोगी है।

भैंस का दूध सुखाना

भैंस के ब्याने से 60 दिन पहले दूध सुखा देना चाहिए अन्यथा अगले ब्यांत के बाद दूध की मात्रा में कमी आ जाती है। दूध सुखाने की कई विधियां प्रचलित हैं जिनमें अधूरा दूध निकालना तथा दूध निकालना एक दम बन्द कर देना प्रमुख हैं। अगर भैंस बहुत अच्छा दूध दे रही हो तब भी भैंस का दूध सुखाना जरूरी होता है और अच्छा यही होगा कि ब्यांत के 60 दिन से ही कुछ दिन पहले उसका कुछ मात्रा में दूध प्रतिदिन छोड़ देना

सारणी 4.1. भैंस के बच्चों की रोगों से रोकथाम तथा उपचार के उपाय

रोग	रोगों के बचाव	इलाज
सफेद दस्त	नवजात को खीस दें एंटीबायोटिक पोषक फार्मूला का प्रयोग, स्वच्छ स्थान पर रखना ताजा पानी साफ बर्तनों में पिलाना।	रोग होने पर नैफटिन एंटीबायोटिक पर्याप्त मात्रा में देना, सल्फामीजा–थीन के टीका लगाना अथवा ग्लूकोज देना
नाभि की सूजन	बच्चे पैदा होते ही फालतू नाभि 5–7 सें. मी. छोड़ कर काट दें और उस पर टिंचर आयोडिन लगायें। बच्चों के बैठने की जगह साफ रखें। दूसरें बच्चों को नाभि चाटने न दें।	नाभि की सूजन या उसमें पस पड़ने पर तुरंत पशु चिकित्सक के पास ले जायें ताकि वह बच्चे की नाभि का आपरेशन करके उसे साफ कर दें और एंटीबायोटिक के टीके लगा सकें। पिपराजिन एडिपेट के दो चम्मच पानी में मिलाकर 3–4 दिन की आयु म पिलायें
निमोनिया	पैदा होने पर बच्चों को साफ कपड़े से साफ करने के बाद सर्दियों में गर्म कमरे में रखने, फर्श गीले व ठण्डे नहीं होने चाहिए। अधिक जाड़ा होने पर उसके शरीर को गर्म रखने के लिए शरीर पर कपड़ा बांध दें।	बीमारी होने पर बच्चों को पशु चिकित्सक से उसका शीघ्र उपचार करायें वरना यह बीमारी घातक हो सकती है।
काकीडियोसिस	बच्चा पैदा होने से पहले पशुघर को साफ सुथरा रखें। तथा उस जगह को कीटनाशक दवाई से स्प्रे या आग की ज्वाला से कीट रहित कर लें।	काकसीडियोस्टेट जैसा कि ऐम्बरीजीन व सल्मिटस का 4–5 दिन का कोर्स दें।

तथा

1. खनिज लवण मिश्रण अथवा खनिज का पूरक हर रोज।
2. टी.एम. 5 या ओरोफैक हर रोज
3. तेल में मिलाकर राविमिक्स सप्ताह में एक बार (10,000 आई.यू. विटामिन ए)

चाहिए। ब्यांत के 60 दिन पूर्व भैंस का दूध दोहना एकदम बन्द कर दें और दूध सुखाते समय आधी–आधी इंट्रामैमरी क्रीम ट्यूब हर थन में चढ़ा सकते हैं। इससे अगली ब्यांत में थनेला (मेस्टाटिस) के रोग से बचाया जा सकता हैं ।

बछड़े को माँ से अलग करना

भैंस पालकों का यह मानना है कि भैंस के बछड़े का मां से अलग करना ज्यादा मुश्किल है। यहां यह बता देना जरूरी है कि एक बछड़े को दूध निकालने से पहले अथवा बाद में दूध चुंघने देना न केवल अवांछनीय तथा अलाभकारी है बल्कि अस्वच्छ भी है। कुछ

लोगों का विचार है कि बछड़ा न चुघांने से थन में दूध नहीं आता अथवा देर से आता है परन्तु कई बड़े–बड़े फार्मो में भैंस के बछड़े को दूध न चुंघने देने से अच्छे परिणाम सामने आये हैं।

भारत के ग्रामीण इलाकों में भैंस के बछड़े को मां से अलग नहीं किया जाता तथा यदि किसी कारण से बछड़े की मृत्यु हो जाती है तो मरे बछड़े की खाल में भूसा भर कर सिलाई कर दी जाती है तथा वह भैंस के आगे दिखाया जाता है। यह प्रायः देखा गया है कि लगभग 80–90 प्रतिशत भैंसों में बच्चों को अलग करने पर दूध निकालने में कोई परेशानी नहीं होती। भैंसों को दूध में लाने के लिए आक्सीटोसीन के टीके भी लगाये जा सकते हैं।

भैंस प्रवृति अथवा भैंस मनोविज्ञान

भैंस को अक्सर विवेकहीन और भावनाहीन माना जाता है। परन्तु न तो भैंस विवेकहीन होती है और न ही भावना की दृष्टि से हेय होती है। भैंस में पायी जाने वाली अनेक विशेषतायें भैंस के विवेकशील होने का संकेत करती है। आधुनिक काल में भैंस तथा अन्य पशु पक्षियों के मनोभाव और स्वभाव को समझना एक उन्नत विज्ञान का रूप धारण करता जा रहा है। पशु मनोविज्ञान के अध्ययन से पशु उत्पादन में वृद्धि के सफल प्रभाव हुए है। पौराणिक गाथाओं के आधार पर नल, भोज तथा कई अन्य महापुरूष पशु पक्षियों की बोली समझते थे। श्री कृष्ण को पशु–पक्षियों का सबसे बड़ा मनोवैज्ञानिक समझा जाता है। जो कि विभिन्न प्रकार के संकेतों और ध्वनियों से गौ समूह का संचालन करते थे। विश्व में पशु मनोविज्ञान के उल्लेखनीय कार्य करने वालों में डा0 कार्ल बोनफ्रिच तथा डा0 कार्ल यार्ड लारेज के नाम उल्लेखनीय हैं। पशुओं के मनोभावों को समझ कर उन्हें प्रशिक्षित किया जाए तो वह बहुत जल्दी प्रशिक्षित हो जाते हैं। पशु के मनोभावों के विपरीत कार्य करने पर उसकी उत्पादन क्षमता पर बुरा प्रभाव पड़ता है।

भैंस स्वभाव से ही बहुत शांत किस्म का जानवर है। उसके शांत स्वभाव का ही नतीजा है कि छोटे–छोटे बच्चों द्वारा भैंस को नहलाने ले जाना या चराने ले जाना एक आम बात है। उत्तर भारत के गावों में ऐसी प्रथा है कि दिन के समय में भैंसों का एक समूह बना कर गांव के बाहर भेज दिया जाता है जहां पर वे खाली ऊसर जमीन पर या सड़क के किनारे उगने वाले फालतू घास को खाकर अपना पेट भर लेती हैं। इस प्रकार उनको खरीद कर दिए जाने वाले हरे चारे तथा दाने की मात्रा में काफी बचत हो जाती है। गांव के ही किसी बच्चे अथवा नवयुवक को यह कार्य सौंपा जाता है। भैंस की शांत प्रियता का एक उदाहरण इस बात से भी मिलता है कि भारत में प्रायः भैंस का दूध दोहने का कार्य स्त्रियों द्वारा किया जाता है। अधिकतर भैंसों के दूध दूहने के समय पिछली टांगों को सामान्यतः नहीं बांधा जाता। परन्तु कुछ अत्यंत उत्तेजनशील भैंसों की पिछली टांगों को दूध दूहने में समय बांध देना चाहिए।

भैंस पर अन्य पशुओं की तरह खाने पीने तथा दूध दुहने के समय की पाबन्दी का

अच्छा असर पड़ता है। दूध दूहने के समय की अनियमितता से भैंस के दूध उत्पादन पर बुरा प्रभाव पड़ता है अगर भैंस को कई दिन न दुहा जाये या गलत समय पर दुहा जाये तो पशु का दूध बहुत कम हो जाता है तथा कभी–कभी बन्द भी हो जाता है। इसी प्रकार दूध दुहने के समय पर भैंस से दुर्व्यवहार अथवा भैंस की डण्डे से पिटाई भी दूध उत्पादन के लिए हानिकारक है। अतः पशु पालन में सही समय का बहुत महत्व है।

यदि समय में परिवर्तन करना हो तो शनैः–शनैः करना चाहिए। भैंस स्वभाव से बहुत तेज गर्मी में चारा चरना पसंद नहीं करती इसलिए दिन में अत्यंत गर्मी वाले समय में छाया का प्रबन्ध एक अच्छा प्रभाव डालता है। यद्यपि भैंसे अन्य जानवरों की तरह कड़े तने वाली तथा शुष्क घास को कम पसन्द करती हैं। फिर भी अगर हरा चारा न मिले तो यह कड़े तने वाली शुष्क घासों को भी खाकर अपना पेट भर लेती हैं। जिन भैंसों में फास्फोरस और कैल्शियम की कमी होती है वे चरते समय अखाद्य पदार्थ हड्डी, लकड़ी, ईट, पत्थर इत्यादि को भी खा जाती हैं।

सामान्यतः भैंसें यूरोपीय नस्ल की गाय के मुकाबले अपने बछड़ों से अधिक लगाव रखती हैं। इसलिए भैंसों में दूध छुड़ाने की प्रणाली उतनी विकसित नहीं हो पाई है। बछड़े को मां से अलग करने पर कुछ भैंसें दूध नहीं देतीं तथा चारा पानी सब कुछ छोड़ देती हैं।

भैंस एक पालतू पशु होने के कारण अपने मालिक को पहचानती है और अच्छे पालक से आशा रखती है कि वह और उसके परिवार के सदस्य उसे प्यार से थपकी दें और उसका ख्याल रखें। इस प्यार का प्रमाण भैंसों की देखभाल में आमतौर पर गांव में मिलता है जहां इसके बांधने के स्थान पर भैंस पालक की चारपाई दिन व रात के आराम करने के लिए लगाई जाती है। वैसे हर पालतू जीव मनुष्य से प्यार चाहता है लेकिन भैंस को प्यार से पालने से मनुष्य को मानसिक और आर्थिक लाभ पहुंचता हैं

वातावरण का भैंस उत्पादन पर प्रभाव

भैंसें आमतौर पर गर्म जलवायु वाले क्षेत्रों में पाई जाती हैं तथा यह गर्म अथवा अत्यधिक गर्म जलवायु से अधिक प्रभावित भी होती हैं। ऐसे मौसम में भैंस के उत्पादन तथा प्रजनन दोनों क्रियाओं पर प्रतिकूल असर पड़ता है।

वातावरण का भैंस उत्पादन पर प्रभाव प्रत्यक्ष एवं परोक्ष दोनों प्रकार से होता है। प्रत्यक्ष रूप से प्रभाव का उदाहरण गर्मी के मौसम में पौष्टिक चारों की उपलब्धता में कमी आना है। इसी कमी के कारण भैंस के कटड़े तथा कटड़ियों की वृद्धि दर कम हो जाती है तथा वयस्क पशु का शरीर भार गिर जाता है। पशु का स्वास्थ्य कमजोर हो जाता है तथा पशु रोगी हो जाता है। भैंस में आमतौर पर दूध की मात्रा में गिरावट आ जाती है। भैंसों की प्रजनन क्रिया क्षीण हो जाती है व भैंसों में गर्मी के लक्षण दिखाई नहीं पड़ते। नर भैंसे के वीर्य में शुक्राणुओं की कमी हो जाती है।

भैंस अन्य जानवरों की तरह अपने शरीर का तापमान नियंत्रित रखती है। सामान्यतः

भैंस के शरीर का तापमान 99.0° से 102° फा० होता है। यह तापमान नियंत्रण अत्याधिक गर्मी में शरीर से ऊष्मा का विसर्जन करके तथा सर्दी में ऊष्मा का उत्पादन बढ़ाकर किया जाता है।

ऊष्मा विसर्जन क्रिया मुख्यतः श्वासं नली द्वारा त्वचा के द्वारा होती है। भैंस की त्वचा में पाये जाने वाली संवेद ग्रंथियां (Sweat glands) गाय के मुकाबले काफी कम होती हैं। इसी कारण इसमें त्वचा से ऊष्मा विसर्जन कम होता है। भैंस की त्वचा में पाये जाने वाली संवेद ग्रंथियों की संख्या सारणी नं. 4.2 में दी गई है।

सारणी 4.2. गाय तथा भैंस की त्वचा का तुलनात्मक ब्यौरा

	त्वचा की मोटाई मि.मी.	बालों की संख्या (वर्ग. सें. मी.)	संवेद ग्रंथियों की संख्या (वर्ग सें. मी.)
भैंस	6 से 8	160	145
गाय	2 से 4	800 से 1700	800 से 1500

दोलाह तथा रोर्वटशा ने (1991) भैंस के काले रंग तथा श्वसन दर का शारीरिक तापमान बनाये रखने की क्षमता पर कुछ प्रयोग किये। उन्होंने काले रंग की तथा सफेद रंग की भैंसों (वर्गहीन) का तुलनात्मक अध्ययन किया तथा पाया कि भैंस में त्वचा का महत्व शरीर तापमान स्थिर रखने में काफी अधिक है तथा श्वसन ऊष्मा विसर्जन का इतना अच्छा साधन नहीं है।

पौष्टिक चारों की उपलब्धता जलवायु के ऊपर ही निर्भर है। हरी घास व चारा वर्षा ऋतु में अधिक उपलब्ध होता हैं अतः ऐसी ऋतु में भैंसों का दुग्ध उत्पादन और शारीरिक वृद्धि अधिक होती है। देश के शुष्क और सिंचाई रहित क्षेत्रों में रबी के मौसम में हरा चारा कम उपलब्ध होता है। अतः उत्पादन घट जाता हैं।

जलवायु का प्रभाव पशु परजीवियों और व्याधियों के प्रकोप पर भी पड़ता है। अधिक आर्द्रता और अधिक तापमान पर बाहरी तथा आन्तरिक परजीवी, फफूंदी तथा जीवाणु ज्यादा विकसित होते हैं। इसलिए भैंस व अन्य पशुओं के घातक रोगों का प्रकोप वर्षा से पूर्व अधिक होता है।

भैंसों पर जलवायु का प्रत्यक्ष प्रभाव उनकी उत्पादन क्षमता पर पड़ता है। भैंसों में अधिक गर्मी पड़ने से उनके गुदा तापक्रम में वृद्धि हो जाती है। फलस्वरूप भैंसों के दुग्ध उत्पादन एवं शरीर वृद्धि में कमी हो जाती है। ऐसे मौसम में भैंसों का शरीर भार घटने लगता है। गर्मी के मौसम में भैंसों की आहार करने की क्षमता घट जाती है। भैंसें ऐसे मौसम में दिन की अपेक्षा रात में चारा अधिक खाती हैं।

गर्मियों में भैंस की जनन क्षमता कम हो जाती है। मदकाल के लक्षण कम प्रकट होते हैं। अतः इन्हें प्रतिदिन नहलाना और पर्याप्त हरा चारा देना अनिवार्य होता है। ऐसा करने पर गर्मियों में भी भैंस संतोषजनक प्रजनन कर सकती है।

आर्द्रता का प्रभाव

वातावरण में अधिक आर्द्रता होने पर भैंस तथा अन्य पशुओं में वाष्पण क्रिया घट जाती है फलस्वरूप शरीर का तापमान भी बढ़ जाता है। वायु मण्डलीय तापमाप और आर्द्रता अधिक होने पर भैंसे कम आहार ग्रहण करती हैं। फलस्वरूप उत्पादन तथा कार्यक्षमता भी घट जाती है।

भैंस की गर्मी सहन करने की क्षमता (ताप सहिष्णुता) कम होती है। इसके दो मुख्य कारण बताये गये है।

1. भैंस का काला रंग अधिक ऊष्मा शोषित करता है।
2. भैंस की त्वचा में संवेद ग्रथियों की संख्या काफी कम होने के कारण ऊष्मा उत्सर्जन में बाधा आती है।

भैंस की ताप सहिष्णुता गाय के मुकाबले में कम होती है। इसका अन्दाजा इस प्रकार लगाया जाता है। जब गाय तथा भैंस को सूर्य की धूप में खड़ा कर दिया जाता है तो भैंसों का गुदा तापमान, श्वसन दर तथा नाड़ी दर बढ़ जाती है। भैंस की त्वचा मोटी होने के कारण भी अधिक ऊष्मा विसर्जन में बाधा आती है।

भैंस का पानी अथवा कीचड़ में बैठना

भैंस अक्सर पानी अथवा कीचड़ में बैठना पसन्द करती है। भैंस की त्वचा से ऊष्मा विसर्जन की क्षमता कम होने के कारण पानी अथवा कीचड़ में बैठना शरीर को अत्याधिक गर्मी से बचाने का उपाय है। कीचड़ में बैठने पर भैंस के शरीर पर कीचड़ चिपक जाता है जो काफी देर तक नमी सोख कर रखता है तथा भैंस के शरीर को ठण्डक पहुंचाता है।

पानी अथवा कीचड़ में बैठने का दूसरा लाभ यह है कि इस प्रकार वह मच्छरों तथा अन्य कीट पतंगों के काटने से बच सकती है, परन्तु अगर कीचड़ अथवा पानी में जौंक पाई जाती है तो वह भैंस का काफी खून चूस लेती है।

भैंस में कीचड़ अथवा पानी में बैठने की प्रवृत्ति गाय आथवा बकरी, भेड़, ऊंट के मुकाबले कई गुणा ज्यादा है। भैंस पानी में एक तरफ पेट के सहारे लेट जाती है।

अध्याय 5

भैंसों का आहार

खिलाई प्रकरण

पशु जो आहार लेता है उससे वह अपने शरीर की गर्मी बनाये रखता है तथा उससे उसे जीवन निर्वाह और उत्पादन के लिए ऊर्जा तथा अन्य पोषक तत्वों की प्राप्ति होती है। पशु को खिलाया जाने वाला आहार संतुलित होना चाहिए। अर्थात उसमें वे सभी तत्व उचित मात्रा में निहित होने चाहिए जिनकी आवश्यकता पशुओं को अपना शरीर बनाये रखने और उत्पादन के लिए प्रतिदिन होती हैं। एक अच्छे आहार के मुख्य अवयव निम्नलिखित हैं।

जल

पशु के शरीर में जल की काफी मात्रा होती है। वयस्क भैंस के शरीर में 65 प्रतिशत जल पाया जाता है। पानी एक सस्ता और सर्वसुलभ पदार्थ है, जिसके अभाव में कोई भी जीवधारी जीवित नहीं रह सकता। पानी पाचक तत्वों को सोखने तथा दूषित पदार्थो को शरीर से बाहर निकालने में काम आता है। शरीर का तापमान बनाये रखने में भी इसका विशेष योगदान है। इसलिए प्रत्येक पशु को भरपूर मात्रा में जल उपलब्ध होना चाहिए। भैंसों को पानी का जीव माना गया है। इसी कारण यह बाकी पशुओं से भिन्न है। गर्मी के मौसम में अपने शरीर को ठण्डा रखने के लिए भैंस किसी भी जल स्रोत में चली जाती है। आमतौर पर यह देखा गया है कि यह प्रतिदिन दो–तीन घन्टे गांव के तालाब में नहाने का आनन्द लेती है तथा कम से कम 3–4 बार पानी पीती है। कुछ भैंस पालक गर्मियों के दिनों में इनको अधिकतर छाया में बांध कर रखते हैं तथा आवश्यकतानुसार दिन में 3–4 बार शीतल पानी पिलाते हैं।

भैंसों का आहार और खिलाई–पिलाई

भैंसें स्वभावतः चारा चरने वाले पशु हैं परन्तु पालतू भैंसों को प्रायः एक जगह बांधकर कटा हुआ चारा खिलाया जाता है। यह आम धारणा है कि भैंसें मोटा चारा तथा कृषि उद्योगों के उपोत्पादों (Agro-industrial by products), कृषि आधारित उद्योगों में फालतू उत्पाद पर ज्यादा अच्छी तरह निर्भर कर सकती हैं। जैसे कि साइलेज, हरा चारा, सूखा चारा, पत्तियां, कड़वी तथा भूसा इत्यादि।

भारत के ग्रामीण क्षेत्रों में भैंसों को ज्यादातर सूखे चारे पर तथा भूसे पर रखा जाता है। दूध देने वाली भैंसों को थोड़ी मात्रा में अनाज एवं खल दिए जाते हैं। ऐसी धारणा है कि भैंसों को खल व बिनौले खिलाने से दूध में वसा की मात्रा बढ़ जाती है पशु ज्यादा

दूध देते हैं मोटे अनाज में चनों का काफी प्रचलन है। जानवरों को लवण मिश्रण नहीं खिलाया जाता परन्तु थोड़ी मात्रा में नमक अवश्य खिलाया जाता है। जानवरों को दिए जाने वाले चारे की मात्रा उनकी उत्पादक क्षमता और उनके शारीरिक क्रियाओं पर निर्भर करता है। जानवरों को मौसम के अनुसार पानी पिलाया जाता है। एक भैंस औसतन एक दिन में 15–20 लीटर पानी पी जाती है। यह पानी पीने की मात्रा ग्रीष्म ऋतु में बढ़ जाती है तथा शरद ऋतु में कम हो जाती है। दूध देने वाली भैंसों को बिना दूध देने वाली भैंसों के मुकाबले ज्यादा पानी की आवश्यकता होती है।

शुष्क पदार्थ ग्रहण क्षमता

भैंसों की शुष्क पदार्थ ग्रहण क्षमता मौसम के अनुसार तथा भैंस की दशा के अनुरूप बदलती रहती है। सर्दियों में शुष्क पदार्थ ग्रहण क्षमता ग्रीष्म ऋतु के मुकाबले अधिक होती है। इसी प्रकार दूध देने वाली भैंसों की शुष्क पदार्थ ग्रहण क्षमता बिना दूध देने वाली भैंसों के मुकाबले ज्यादा होती है। भैंसों में शुष्क पदार्थ ग्रहण क्षमता शरीर के भार का 2.0 से 3.0 प्रतिशत तक पायी जाती है।

कटड़े/कटड़ियों की खिलाई–पिलाई

छोटे बछड़े की खिलाई–पिलाई अत्याधिक महत्वपूर्ण है क्योंकि भविष्य में वयस्क पशुओं की उत्पादन क्षमता उनके प्रारम्भ में अच्छे पोषण पर निर्भर करती है। छोटे बछड़े बछड़ियों की खिलाई–पिलाई इस तरह की होनी चाहिए जिससे वे ज्यादा बढ़वार प्राप्त कर सकें तथा इस अवस्था में होने वाले रोगों के दुष्प्रभाव से बच सकें। बछड़े बछड़ियों को कुछ बड़े होने तक अपनी मां के साथ रखा जाता है। यह विधि ग्रामीण इलाकों में ज्यादातर प्रचलित है। दूसरी विधि में बछड़ों को जन्म लेते ही अपनी मां से अलग कर दिया जाता है तथा एक विशेष आहार सूची पर रखा जाता है। यह विधि केवल बड़े–बड़े फार्मो तक ही सीमित है। इस विधि का मुख्य लाभ मानव को पर्याप्त मात्रा में दूध उपलब्ध करवाना है। इस विधि से बछड़े बछड़ियों को सस्ते पोषक दुग्ध विस्थापक मिश्रण (Milk replacer) दूध की जगह दिया जा सकता है।

बछड़े बछड़ियों को पैदा होते ही मां का पहला दूध जिसे (खीस) अथवा कोलेस्ट्रम कहते हैं, पिलाया जाता है। यह दूध न केवल पोषक तत्वों से परिपूर्ण होता है अपितु यह बछड़े बछड़ियों को प्रतिपिंड (Antibodies) भी देता है जो कि बच्चों को रोगों से बचाने में सहायक सिद्ध होते हैं। इसके अतिरिक्त खीस पिलाने से बछड़े के अन्दर के सभी मल आदि साफ हो जाते हैं। भैंस के बछड़े बछड़ियों को जन्म के समय माँ से अलग करने के बाद 2 घंटे के अन्दर ही (खीस) पिला देना चाहिए। खीस का पिलाना चार दिन तक जारी रखना चाहिए तथा इसकी मात्रा बच्चे के जन्म भार का 1/8 भाग होना चाहिए। इस प्रकार औसतन एक बछड़े को जन्म से 5 दिन तक 2 से 3 लीटर खीस प्रतिदिन पिलाना चाहिए। अगर भैंस बछड़े के जन्म के बाद किसी कारण दूध नहीं देती है तो उसके स्थान

पर किसी दूसरी भैंस का खीस पिलाया जाना चाहिए। अगर खीस उपलब्ध नहीं हो तो दो अण्डे तथा एक औंस अरण्डी का तेल मिलाकर तैयार किया गया मिश्रण भी दिया जा सकता है। छठे दिन के बाद बछड़े को दूध तथा दुग्ध प्रतिस्थापन का मिश्रण सारणी 5.2 के अनुसार पिलाया जाना चाहिए। जैसे–जैसे बछड़े की उम्र बढ़ती जाती है उसके आहार में दूध की मात्रा प्रतिस्थापक के मुकाबले कम होती जाती हैं। तीन महीने की आयु तक बछड़े बछड़ियों को प्रतिजैविक पदार्थ (Antibiotic) खिलाना लाभकारी सिद्ध हुआ है। एंटीबायोटिक बछड़े बछड़ियों को जीवाणुओं से फैलने वाले रोगों से बचाते हैं। एंटीबायोटिक खिलाने से मुंह में छाले की बीमारी (Calf Scour) से बचाव में काफी फायदा हुआ है। यह एंटीबायोटिक (Antibiotic) दुग्ध प्रतिस्थापक में मिलाकर भी खिलाये जा सकते हैं। खिलाये जाने वाले एंटीबायोटिक (Antibiotic) में टैरामाईसिन (Terramycin) तथा ओरियोमाईसिन (Aureomycin) प्रमुख हैं। एक अच्छे दुग्ध प्रतिस्थापक की माप निम्नलिखित प्रकार से की जा सकती है :–

सारणी 5.1. दुग्ध प्रतिस्थापक में प्रयोग किये जाने वाले तत्व तथा उनकी मात्रा

क्र० सं०	तत्व	मात्रा (कि. ग्रा.)
1.	गेहूँ	8
2.	मछली का चूर्ण	12
3.	अलसी की खल	40
4.	दूध (शुष्क)	16
5.	नारियल का तेल	8
6.	अलसी का तेल	4
7.	सिट्रिक एसिड	1.4
8.	शीरा	6
9.	लवण मिश्रण	3
10.	ब्यूटारिक एसिड	0.660 ली.
11.	एंटीबायोटिक	0.330 ग्रा.
12.	विटामिन ए, बी–2, डी–3 का मिश्रण	15 ग्रा.

स्रोत : (कुरार तथा मुद्गल, 1990, भैंसों का आहर, राष्ट्रीय डेरी अनुसंधान संस्थान (भा.कृ. अ. प.), करनाल (हरियाणा)

विद्वानों द्वारा किये गये अध्ययन से यह निष्कर्ष निकलता है कि दुग्ध प्रतिस्थापक खिलाने से बछड़े की वृद्धि दर उतनी ही प्राप्त हो सकती है जितनी की दूध पिलाने से, परन्तु इस विधि से काफी मात्रा में दूध की बचत की जा सकती जो मानव पोषण के उपयोग में लिया जा सकता है।

जो बछड़े माँ से अलग रखे जाते हैं उनको बाल्टी अथवा टब में दूध पीने के लिए प्रशिक्षित किया जाता है। शुरू–शुरू में ग्वाला अपने हाथों की ऊंगलियों से बछड़े को दूध पीने में सहायता करता है। बछडों को खिलाने–पिलाने में साफ सफाई का विशेष ध्यान रखा जाना चाहिए। दूध को उबालने के बाद शरीर के तापक्रम तक ठण्डा किया जाना चाहिए। तभी उसे पीने के लिए देना चाहिए। इस बात का ध्यान रखना चाहिए कि बछड़े बछड़ियों को उनकी आवश्यकता से अधिक न खिलाया जाए। एक बछड़े को बाल्टी में दूध पीना सिखाने के लिए 2 से 7 दिन लग जाते हैं तथा इस विधि को कृत्रिम दूध पिलाने की विधि कहते हैं।

सारणी 5.2. बछड़े–बछड़ियों का दुग्ध एवं दुग्ध प्रतिस्थापक पिलाना

आयु (दिन)	पशु का भार (किलोग्राम)	दूध प्रतिदिन (किलोग्राम)	दुग्ध प्रतिस्थापक (ग्राम)
1–5		(खीस)	–
6–14		2	–
15–18		2	50
19–22		5	100
23–26		1	200
27–30		1.5	300
31–34		2.0	400
इस आयु के	40	1	500
पश्चात् पशुभार	45	1	550
के आधार पर	50	1	600
	55	1	650
	60	1	700
	65	1	750
	70	1	800
	75	1	850
	80	1	900
	85	1	950
	90	1	1000

स्रोत : कुरार तथा मुद्‌गल, 1990. भैंसों का आहार, राष्ट्रीय डेरी अनुसंधान संस्थान, करनाल

वयस्क पशुओं का आहार

वयस्क भैंसों का आहार मुख्यतः वनस्पति स्रोत से प्राप्त किया जाता है। भैंसों के बारे में यह प्रसिद्ध है कि वह घास, भूसा आदि (पदार्थ जो दुष्पचनीय तन्तुओं से भरे होते हैं) को खाकर न केवल जिन्दा रहती है बल्कि पर्याप्त मात्रा में दूध भी देती हैं। भैंसें, गायों

के मुकाबले में घास, भूसा इत्यादि के दुष्पचनीय तन्तुओं को अधिक अच्छी तरह से पचा लेती हैं।

भैंसों का भोजन मुख्यतः दो प्रकार का होता है, चारा और दाना। चारा आमतौर पर रसदार, रसरहित तथा शुष्क तरह का होता है। शुष्क चारे में गेहूँ और चावल का भूसा, बाजरा, ज्वार व मक्का की कड़वी जो हरे चारे को सुखाकर बनाई गई है, प्रमुख हैं। रसदार चारे में मक्का ज्वार, बरसीम, लूसर्न, जई, सरसों तथा हरी घास इत्यादि प्रमुख हैं। दाना या सान्द्र में मुख्यतः मक्की, गेहूँ, ज्वार, चना, खल, बिनौला इत्यादि शामिल हैं। आजकल यह अनाज महंगा होने और मनुष्य के पोषण में प्रयोग होने के कारण कम अनुपात में पशुओं को खिलाया जाता है। चने व दालों की चूरी, ग्वार की चूरी, चावल की पालिस, गेहूं का चोकर, तेल निकाली हुई खली इत्यादि प्रयोग की जा रही हैं।

यद्यपि वनस्पति स्रोत ही भैंसों के भोजन में प्रमुख है, परन्तु कुछ जीव स्रोत जैसे कि दूध, मांस व मछली का चूर्ण तथा रक्त चूर्ण भी सान्द्र या दाने में मिलाकर खिलाये जा सकते हैं। दुधारू तथा बढ़ने वाले पशुओं को साधारण नमक और बाकी लवण मिश्रण देना अति आवश्यक है। कैल्शियम और फास्फोरस की कमी को पूरा करने के लिए इनको हड्डियों से बना चूर्ण (बोन मील) दिया जा सकता है। अन्य तत्व पदार्थ जो इस मिश्रण में आवश्यक हैं वह मैग्नीशियम, लोहा, तांबा, जस्ता, आयोडिन इत्यादि हैं।

पशु को उसकी आवश्यकताओं की पूर्ति के लिए 24 घन्टों मे जो चारा व दाना खिलाया जाता है आहार कहलाता है और इसमें सभी प्रकार के पौष्टिक तत्व उपलब्ध होने चाहिए। किसी भी आवश्यक तत्व की कमी होने पर या तो पशु बीमार हो जाएगा या उसमें अच्छी बढ़ोतरी नहीं होगी तथा शारीरिक कमजोरियां आदि आने पर वह अच्छा उत्पादन नहीं कर सकेगा।

भैंसों के चारे में विटामिन की आवश्यकता

विटामिनों में अनेक ऐसे कार्बनिक यौगिक सम्मिलित हैं, जो सामान्यतः रासायनिक दृष्टि से असंबंद्ध होते हैं। विटामिन शरीर की संरचना और स्वास्थ्य के लिए आवश्यक होते हैं तथा इनकी बहुत कम मात्रा में जरूरत होती है। विटामिनों की कमी से शरीर कमजोर हो जाता है तथा अनेक व्याधियां उत्पन्न हो जाती हैं। विटामिन मुख्यतः दो प्रकार के होते हैं :

1. *वसा में घुलनशील विटामिन :* इस श्रृखंला में ए डी ई और के विटामिन आते हैं।
2. *जल में घुलनशील विटामिन :* इस श्रृंखला में सभी विटामिन बी समूह और विटामिन सी आते हैं।

भैंस जो कि रोमंथी पशु है अन्य रोमंथी पशुओं की तरह सौभाग्यशाली है कि उसकी विटामिन की आवश्यकता आमतौर पर चारे, प्रथम आमाशय (रूमेन) में संश्लेषण तथा उत्तकों द्वारा संश्लेषण से संभव है।

विटामिन ए, डी, तथा ई आमतौर पर हरे चारे में प्रचुर मात्रा में उपलब्ध हो जाते हैं।

विटामिन बी. समूह के विटामिन तथा विटामिन के रूमेन (प्रथम आमाश्य) में संश्लेषण कर लिये जाते हैं।

विटामिन सी का संश्लेषण उत्तकों द्वारा किया जाता है।

भैंसों में गर्मियों में हरे चारे की मात्रा पर्याप्त नहीं होती तथा इस समय इनमें विटामिन ए. की कमी हो सकती है। विटामिन ए. की कमी से अनेक व्याधियों की शुरूआत हो सकती है। इसलिए दूध देने वाली भैंस को कम से कम 5–10 किलो ग्राम हरा चारा प्रतिदिन आवश्य देना चाहिए।

पाचक प्रोटीन अथवा हजम हो जाने वाली प्रोटीन

प्रोटीन आहार का एक बहुत आवश्यक अंग है तथा पशु के शरीर में माँस तथा पुट्ठे का निर्माण का कार्य करते हैं। दुधारू पशुओं के लिए यह और भी अधिक आवश्यक है क्योंकि यह दूध उत्पादन में बहुत सहायक सिद्ध होते हैं। प्रोटीन कई किस्म की होती हैं जो कि 20 प्रकार के अमीनों एसिड से मिल कर बनते हैं।

आहार में सभी विद्यमान प्रोटीन तथा प्रोटीन तुल्य पदार्थ शरीर में काम नहीं आते। उनका कुछ भाग बिना पचे, मलमूत्र द्वारा बाहर निकल जाता है। इसलिए आहार में प्रोटीन की अपेक्षा हजम होने वाले प्रोटीन का अनुमान लगाया जाता है। आहार में अधिक प्रोटीन हजम होने पर पशु उसको पाचन क्रिया द्वारा कार्बोहाईड्रेट में बदल लेते हैं तथा इसकी कमी नहीं होने देते।

पशु आहार में चारे का महत्व

भारत में 7.5 करोड़ भैंसें हैं जिनको प्रतिदिन चारे की आवश्यकता पड़ती है। इतनी बड़ी संख्या में भैंसों तथा अन्य पशुओं के लिए चारे का उचित प्रबंध करना एक जटिल समस्या है। भारत में चारे की समस्या चारे की मात्रा तथा गुणों के दृष्टिकोण से बहुत गम्भीर है। परिणाम यह होता है कि अधिकतर भैंसों को भूसे तथा अन्य निम्न कोटि के चारों पर निर्भर रहना पड़ता है। इन चारों की पाचनशीलता बहुत कम है। इनसे वे सभी पोषक तत्व उस मात्रा में भैंसों को उपलब्ध नहीं होते जितनी की उनकों आवश्यकता होती है। जिसके फलस्वरूप भैंसों की दुग्ध उत्पादन क्षमता पर बुरा असर पड़ता है।

इन दिनों जबकि दाना मिश्रण की कीमत बहुत अधिक हो गई है, यह आवश्यक हो गया है कि दाने की मात्रा को अच्छे किस्म के हरे चारे के प्रयोग से कम किया जाये। दलहनी किस्म का हरा चारा संतुलित खुराक देता है तथा इससे महंगे खल का प्रयोग कम किया जा सकता है। हरे चारे खनिज पदार्थों और विटामिनों के अच्छे स्रोत भी हैं।

दलहनी चारे में मुख्य हैं बरसीम, ल्यूसर्न, अरहर, लोबिया, ग्वार तथा सरसों। दलहनी चारे रसदार, स्वादिष्ट व उच्च दर्जे के पौष्टिक चारे होते हैं। यदि अधिक पोषण वाले मूल्य वाले हरे चारे प्रचुर मात्रा में खिलाये जायें तो आवश्यक पौष्टिक तत्वों की प्राप्ति चारों से ही हो जाती हैं तथा महंगे दाना मिश्रण की बचत की जा सकती है।

यदि चारों की सघन खेती की जाये तो एक हैक्टेर भूमि से एक साल में 800 से 1000 क्विंटल हरा चारा प्राप्त हो सकता है। एक भैंस को यदि 60 किलो ग्राम हरा चारा प्रतिदिन खिलाया जाये तो साल में कुल 225 क्विंटल चारे की आवश्यकता होगी। गैर दलहनी चारों में मक्का, बाजरा, मकचरी, जई, हाथी घास, पैरा घास इत्यादि प्रमुख हैं।

भैंसों को खिलाये जाने वाले हरे चारे तथा सूखे चारे की मात्रा उनको खिलाये जाने वाले दाने की मात्रा पर निर्भर करती है। अधिक चारा खिलाने पर दाने की मात्रा कम की जा सकती है तथा दाने के अभाव में चारे की मात्रा को एक निश्चित अनुपात में बढ़ाना पड़ता है। एक निश्चित अनुपात में भोजन खिलाने को सन्तुलित आहार कहते हैं। सन्तुलित आहार उस भोजन को कहते हैं जो पशु की पोषण की आवश्यकताओं को पूरा करता है।

पशु की पोषण आवश्यकताओं का अनुमान तथा उसके अनुसार सन्तुलित आहार का चयन एक महत्वपूर्ण प्रक्रिया है। पशु की पोषण आवश्यकताओं का वर्णन करने के लिए कुछ मापदण्ड बनाये गये हैं। इन मापदण्डों में कुछ प्रमुख इस प्रकार हैं।

1. कुल पाचक कच्ची प्रोटीन (DCP)
2. समस्त पचनीय पदार्थ (TDN)

खाद्य मानक (Feeding standards) वे तालिकायें हैं जो कि पशु के रख रखाव और उत्पादन के आधार पर जरूरतों को दर्शाती है। यह खाद्य मानक पशुओं पर किये गये अनुसंधान का नतीजा है।

भैंसों के लिए अभी खाद्य मानक पूर्ण रूप से सही तैयार नहीं हो पाये हैं परन्तु कुछ तालिकायें जो देश और विदेश में गायों के लिए तैयार की गई हैं भैंसों के लिए भी प्रयोग में लाई जाती हैं। इनमें अमेरिका की राष्ट्रीय अनुसंधान परिषद् के द्वारा सुझाये गये मानक प्रमुख हैं। सेन तथा रै की साझेदारी से इन विदेशी तालिकाओं का भारतीय पशुओं के लिए विकसित प्रारूप तैयार किया गया है जिसे भारतीय कृषि अनुसंधान परिषद् ने पुस्तक रूप में छापा है।

इन मानकों अर्थात तालिकाओं से भैंसों के वजन तथा दुग्ध उत्पादन क्षमता के आधार पर पोषक तत्वों की जरूरतों का पता लगाया जाता है। तत्पश्चात् उतने पोषक तत्वों के लिए भोजन के विभिन्न पदार्थो की मात्रा का अनुमान लगाया जाता है। इस वैज्ञानिक पद्धति को संक्षेप में आहार परिकलन कहा जाता है। विदेशों में इस प्रक्रिया में कंप्यूटर का प्रयोग एक सामान्य बात हो गई है। आहार के विभिन्न पदार्थो की मात्रा, जरूरत तथा कीमत को ध्यान में रखकर कम कीमत में पौष्टिक खुराक को न्यूनतम लागत राशन चयन जरूरी हो गया है।

दुधारू भैंसों की आहार व्यवस्था

दुधारू पशु एक छोटे कारखाने की भांति हैं जो कि कच्चे चारे तथा आहार को दूध के रूप में बदलते है। भैंस इन में प्रमुख मानी गई हैं क्योंकि यह गेहूँ के भूसे, धान की

पुआल, कड़वी आदि को खा कर दूध में परिवर्तन करने की अच्छी क्षमता रखती है।

दूध उत्पादन को बनाये रखने तथा इसकी लागत व्यय कम रखने के लिए आवश्यक है कि आहार सन्तुलित और सस्ता हो क्योंकि दूध की बिक्री से होने वाली आय का अधिकांश व्यय (लगभग 70 प्रतिशत) आहार पर होता है। अतः आवश्यक है कि पशुओं की आवश्यक पौष्टिक तत्वों की अधिकाधिक मात्रा चारे से पूरी की जाये, जिससे कम दाना मिश्रण की आवश्यकता हो। परन्तु जो भी दाना मिश्रण दुधारू पशुओं को देना पड़े उसे सस्ते खाद्य पदार्थों से बनाया जाना चाहिए।

हमारे देश में अधिकांश गर्मी तथा सर्दी के मौसम मे चारे की उपलब्धता भिन्न–भिन्न होती है। सर्दियों के मौसम में हमारे देश के अधिकांश भागों में हरे चारे (बरसीम, जई) प्रचुर मात्रा में उपलब्ध रहते हैं। गन्ने की कटाई का मौसम होने के कारण इस मौसम में गन्ने का ऊपरी भाग (अगोला) चारे के लिए उपलब्ध रहता है। धान की पुआल, गेहूँ का भूसा, बाजरा तथा ज्वार की कड़वी को भी भरपूर मात्रा में भैंसों को खिलाने में प्रयोग किया जाता है। इन चारों के पौष्टिक तत्व प्रतिशत में सारणी 5.3 में दिये गये है।

सारणी 5.3. सर्दियों में प्राप्त चारों का प्रतिशत रासायनिक संगठन (शुष्क पदार्थ के आधार पर)

चारे का नाम	शुष्क पदार्थ	कुल प्रोटीन	समस्त पचनीय तत्व
बरसीम का हरा चारा	15.0	15.0	60.0
जई / जौ का हरा चारा	20.0	7.0	55.0
गन्ने का ऊपरी भाग (अगोला)	25.0	5.0	55.0
धान की पुआल / गेहूँ की तूड़ी / ज्वार की कड़वी	90.0	3.0	40.0

अन्वेषणों द्वारा ज्ञात किया गया है कि यदि प्रतिदिन दूध देने वाले पशुओं को दलहनी चारे (बरसीम) 50–60 कि. ग्रा. दिया जाये तो 6–7 लीटर प्रतिदिन उत्पादन के लिए अलग से दाना देने की आवश्यकता नहीं रहती।

दलहनी तथा बिना दाल वाले हरे चारों को मिलाकर खिलाने से पशुओं को आवश्यकतानुसार पौष्टिक तत्वों की बहुत कुछ मात्रा प्राप्त हो जाती है। हरे चारे के साथ धान की पुआल और गेहूँ व जौ के भूसे जैसे सूखे निष्कृष्ट गुणवत्ता वाले चारे को पशुओं को खिलाने से आवश्यक शुष्क पदार्थ को पूरा किया जा सकता है। अच्छी क्वालिटी के चारे की कम मात्रा उपलब्ध होने पर आहार में दाना मिश्रण खिलाने की आवश्यकता होती हैं परन्तु बरसीम जैसे हरे चारे को खरीद करके भी खिलाना पड़े तो आर्थिक दृष्टि से यह उपयोगी होगा।

हरे चारे की कमी होने पर पेड़ पौधों की हरी पत्तियां, गन्ने का अगोला खिलाया जा सकता है परन्तु लगभग 30–40 किलोग्राम हरा चारा तथा इसके साथ 2–3 कि. ग्रा. दाना खिलाने से लगभग 8 लीटर उत्पादन के लिए पौष्टिक तत्वों की प्राप्ति हो सकती है।

इसके साथ ही पशुओं को लगभग 5 कि. ग्रा. धान की पुआल अथवा कड़वी अथवा गेहूँ का भूसा भी खिलाया जाना चाहिए।

यदि भैंस प्रतिदिन लगभग 6 लीटर से कम दूध देती है तो कुल आवश्यक पौष्टिक तत्वों की प्राप्ति 35–40 कि. ग्रा. बरसीम खिलाने से की जा सकती है और इसके साथ 4–5 कि.ग्रा. सूखा चारा देना भी आवश्यक है।

अधिक दूध देने वाले पशुओं के आहार में अच्छी गुणवत्ता वाले हरे चरों की 50–60 कि.ग्रा. और सूखे चारे की 4–6 कि. ग्रा. मात्रा होना आवश्यक है। इसके साथ ही इन्हें जो दाना मिश्रण दिया जाये उसमे कम अपघटन होने वाली प्रोटीन का होना आवश्यक है। इसके लिए आहार में बिनौला की खल को मिलाया जा सकता है।

इन सभी चीजों के अतिरिक्त भैंसों को लगभग 40 ग्राम खनिज मिश्रण, 25 ग्राम साधारण नमक और भरपेट स्वच्छ और ताजा पानी देना आवश्यक है।

चारा संरक्षण

अतिरिक्त हरे चारे की कमी के समय, सुरक्षित रखने की पद्धति को चारा संरक्षण कहते हैं। उत्तरी भारत में चारे की कमी मई–जून तथा नवम्बर के महीने में पाई जाती है। इस कमी को पूरा करने के लिए चारे का साइलेज व 'हे' बनाकर चारे को सुरक्षित रख सकते हैं ताकि यह चारे की कमी के समय उपयोग में लाया जा सके। साइलेज मक्का, जई, मकचरी, ज्वार इत्यादि की बनाई जा सकती है।

साइलेज को पहले थोड़ी मात्रा में खिलाना प्रारंभ करें और धीरे–धीरे मात्रा बढ़ाये। दूध दुहने से दो घन्टे पहले साइलेज नहीं खिलाना चाहिए अन्यथा दूध में साइलेज की गन्ध आयेगी। साइलेज शुष्क पदार्थ की आवश्यकता का 30–40 प्रतिशत भाग पूरा करने के लिए पशु को खिलाया जा सकता है।

चारे को सुरक्षित रखने का दूसरा तरीका है "हे" बनाकर या सुखाकर चारे को रखना। हरे चारे को काट कर उसे धूप में इस प्रकार सुखाया जाता है कि उसमें नमी 15 प्रतिशत से कम रह जाये।

उपचारित भूसा आहार

गेहूँ भूसा पोषण की दृष्टि से कम उपयोगी माना जाता है। इसका कारण यह है कि भूसे में पाये जाने वाले तत्व सुपाच्य नहीं होते। भूसे को कुछ अधिक सुपाच्य बनाने के लिए उपचार किया जाता है। यह उपचार यूरिया तथा अमोनिया से किया जा सकता है।

ऐसा पाया गया है कि प्रतिदिन 7 लीटर दूध देने वाले भैंसों को 10–12 कि. ग्रा. गेहूँ का उपचारित भूसा (4 प्रतिशत यूरिया, पानी के घोल में भूसे पर स्प्रे कर इसे 3 सप्ताह तक प्लास्टिक की चादर से ढकने पर तैयार किया जाता है), 20 कि. ग्रा. मौसमी हरा चारा, 1.50 कि. ग्रा. बिनौला खल, 40 ग्राम खनिज मिश्रण, 25 ग्राम साधारण नमक प्रतिदिन देने से उनके सभी आवश्यक पौष्टिक तत्वों की पूर्ति की जा सकती है। इस प्रकार इस आहार

को खिलाने से सामान्य आहार की अपेक्षा प्रतिदिन लगभग एक कि. ग्रा. दाना मिश्रण की बचत की जा सकती है। यूरिया उपचारित आहार खिलाने के समय पशुओं को कई दिन में कई बार पानी पिलाने की आवश्यकता होती है।

सूखे चारे का उपचार

कई रासायनिक पदार्थो के माध्यम से सूखे चारे को उपचारित करके पौष्टिक बनाने की कोशिश काफी समय से चल रही है। सूखे चारे में पौष्टिक सेल्यूलोज और हेमिसेल्यूलोज का अपौष्टिक लिगनिन जकड़ लेता है। इसलिए प्रयत्न यह होता है कि पौष्टिक तत्वों को अपौष्टिक तत्वों से कैसे अलग कर दिया जाये। इसका एक सरल उपचार यह है कि 4–5 कि. ग्रा. सोडियम हाइड्रोक्साइड को 100 लीटर पानी में घोल कर एक क्विंटल भूसे या पुआल पर छिड़का जाता है जिससे काफी हद तक लिगनिन का प्रभाव दूर हो सकता है और चारा पौष्टिक बन जाता है। समस्या यह है कि सोडियम हाइड्रोक्साइड एक तो महंगा हो गया है और दूसरा ज्यादा दिन तक खिलाने से पशुओं के शरीर में सोडियम की मात्रा बढ़ सकती है जो पशुओं के लिए हानिकारक सिद्ध हो सकती है।

यूरिया उपचार की विधि सबसे सरल और उत्तम है । इसके कई लाभ हैं। एक तो लिगनिन तत्व का प्रभाव कम होता है और दूसरा चारा पौष्टिक बन जाता है। साथ ही पाचक प्रोटीन की मात्रा भी बढ़ जाती है। ऐसा इस कारण होता है क्योंकि गाय के पेट में पाये जाने वाले अच्छे जीवाणु यूरिया या अमोनिया को प्रोटीन में बदल देते हैं।

सस्ता तथा पौष्टिक दाना मिश्रण

दाना मिश्रण, प्रोटीन तथा ऊर्जा की जरूरतों को पूरा करता हैं। इस दाना मिश्रण में साधारणतः गेहूँ, मक्का, ज्वार, बाजरा तथा अन्य मोटे अनाजों को उचित मात्रा मे पीसकर मिलाया जाता है। प्रोटीन की मात्रा पूरी करने के लिए आवश्यक मात्रा में खल तथा बिनौले को दिया जाता है। खनिज लवणों की पूर्ति के लिए इसमें 2 प्रतिशत खनिज मिश्रण तथा एक प्रतिशत साधारण नमक मिलाया जाता है। गुड़ या शीरा मिलाने से ऊर्जा की बहुलता आती है।

दाना मिश्रण को सस्ता बनाने के लिए उसमें चावल का चोकर अथवा पालिश, मूंग, उर्द, चना की चूरी जैसे खाद्य पदार्थो को सम्मिलित किया जा सकता है। यदि खड़िया मिट्टी, हड्डी का चूरा, पीसा हुआ चूना पत्थर, साधारण नमक इत्यादि पदार्थो को उचित मात्रा और अनुपात में मिलाकर घर पर ही खनिज मिश्रण तैयार कर लिया जाये तो दूध उत्पादन की लागत पर अवश्य ही अच्छा प्रभाव पड़ेगा। ऐसा विश्वास किया जाता है कि गुड़ और तेल जैसे खाद्य पदार्थो के खिलाने पर दूध उत्पादन में बढ़ोतरी होती है परन्तु प्रयोगों द्वारा इसकी पुष्टि इस रूप में नहीं हो सकी है। दूध उत्पादन के लागत व्यय वृद्धि भी इन महंगे पदार्थो को आहार में मिलाने से हो जाती है। इसलिए ऐसा परामर्श दिया जाता है कि यदि गुड़ या शीरा और तेल जैसे पदार्थ घर पर उपलब्ध हों या फिर सस्ते

दर पर प्राप्त हो सकते हों तो ऊर्जा के अच्छे स्रोत के रूप में इन्हें आहार में सम्मिलित किया जा सकता है।

अपरम्परागत तथा उपोत्पादों का भैंस पोषण में योगदान

प्रकृति ने रोमन्थकों (ढोरो) में निम्न कोटि के चारों व आहार को प्रयोग करके उत्तम भोज्य पदार्थ जैसे दूध, माँस व कार्य शक्ति में परिवर्तित करने की क्षमता प्रदान की है। यदि पशुधन की इस क्षमता को वैज्ञानिक दृष्टि से परखा जाये तो पशुओं के लिए अपरम्परागत आहार का इस्तेमाल किया जा सकता है।

दूसरी ओर प्रकृति प्रकाश संश्लेषण प्रक्रिया द्वारा करोड़ों टन वनस्पति पदार्थ उत्पादित करती है जिसका अधिकांश भाग व्यर्थ चला जाता है। वनस्पति पदार्थ जिसमें कार्बोहाइड्रेट्स, प्रोटीन, विटामिन, खनिज आदि पोषक तत्व अधिक मात्रा में मौजूद होते हैं का प्रयोग करके पशु आहार की समस्या से छुटकारा मिल सकता है। किन्तु अपरम्परागत वनस्पति पदार्थ को इस दृष्टि से उपयोगी बनाने की अपनी ही समस्यायें हैं जिनमें इनका एकत्रण, भंडारण, आर्द्रता व विषैले पदार्थो की मौजूदगी प्रमुख है। किन्तु इन वनस्पति पदार्थो को पशु आहार में प्रयोग लाने लगे है।

अन्न, दलहनों व तिलहनों के संसाधन से प्राप्त अधिकांश उपोत्पाद जैसे चोकर, चूरी, खल आदि पशु आहार हेतु परम्परागत रूप से प्रयोग में लाई जाती है। किन्तु अब वसा निष्काषित चावल की पालिस, मूंगफली के छिलके का चूर्ण,टैपियोका कन्द का छिल्का भी पशु आहार में प्रयोग किया जा रहा है। चूंकि छिलकों में हाइड्रोरासायनिक अम्ल नामक अवराधी तत्व मौजूद होता है, अतः इन्हें जल में भिगोने तथा निथारने के पश्चात खिलाना श्रेयकर रहता है। जल उपचार से अवरोधी तत्व का निराकरण हो जाता है।

सेव मेष, ब्रुअंरी अपशिष्ट, अपरम्परागत खल जैसे (महुआ, नीम, करंडा, साल) भी परिष्कृत करके विभिन्न अनुपातों में आहार में सम्मिलत की जा सकती है।

भैंस कुपोषण का प्रजनन पर प्रभाव

नियमित तथा समुचित जनन के लिए सही पोषण की आवश्यकता होती है। यह कथन सही है परन्तु सही पोषण का अर्थ यह नहीं है कि उन्हें जरूरत से ज्यादा खिला पिला दिया जाये । राष्ट्रीय डेरी अनुसंधान संस्थान, करनाल में अध्ययन किये गए, जिसमें 6 भैंसों के एक समूह को जरूरत के अनुसार भोजन उपलब्ध कराया गया। मगर दूसरे समूह को जरूरत से 20 प्रतिशत अधिक डी. सी.पी. (प्रोटीन) तथा तीसरे समूह को 40 प्रतिशत तक अधिक डी.सी.पी. (प्रोटीन) दिया गया। इस अध्ययन के निष्कर्ष सारणी 5.4 से स्पष्ट हैं।

इस सारणी से स्पष्ट है कि अच्छा भोजन प्रज नन में सहायक होता है। कौर तथा अरोड़ा (1978) के अध्ययनों से यह पता लगाने की कोशिश की गई कि अच्छे पोषण का प्रजनन पर असर किस प्रकार होता है। शायद अन्तः स्राव ग्रन्थि का तो प्रभाव नहीं है?

सारणी 5.4. आहार में प्रोटीन के स्तर का प्रजनन क्षमता पर प्रभाव

	आवश्यकता–नुसार	20 प्रतिशत से अधिक डी.सी.पी.	40 प्रतिशत से अधिक डी.सी.पी.
जानवरों की संख्या	6	6	6
प्रथम बार गर्भाधान की आयु (महीनों में)	26.6	24.6	23.9
प्रथम बार गर्भाधान पर शारीरिक भार (कि. ग्रा.)	326	322	346
गर्भ धारण करने वाले पशुओं की संख्या	4	5	6

स्रोत : शर्मा एवम् साथी 1977, डेरी पोषण विभाग, राष्ट्रीय डेरी अनुसंधान संस्थान, करनाल

उन्होंने दो समूहों में भैंसों को विभाजित करके एक समूह को एन.आर.सी. की सिफारिशों के आधार पर खिलाया तथा दूसरे समूह को सिफारिशों का 35 प्रतिशत डी. सी. पी. तथा 75 प्रतिशत टी.डी.एन. खिलाया । इससे कम खिलाने का प्रभाव यह हुआ कि मद चक्र (Estrous cycle) की लम्बाई, कम खिलाये गये समूह में ज्यादा थी। पूरी खिलाई पिलाई करने पर प्रति गर्भाधान कम बार गर्भाधान की जरूरत हुई । परन्तु जहां पर अन्तः स्राव ग्रथियों का सवाल है खिलाई–पिलाई का खून में प्रोजेस्ट्रोन तथा इस्ट्राइओल 17–बी की मात्रा लगभग समान पाई गई ।

सारणी 5.5. लवण मिश्रण की संरचना (3 किलो ग्राम के हिसाब से)

अवयव	मात्रा (किलोग्राम)
डाइकैल्शियम फास्फेट (Dicalcium phosphate)	1.6300
नमक (Sodium chloride)	0.9000
कैल्शियम कार्बोनेट (Calcium carbonate)	0.3312
मैग्नीशियम कार्बोनेट (Magnesium carbonate)	0.0900
फेरस सल्फेट (Ferrous sulphate)	0.0150
कॉपर सल्फेट (Copper sulphate)	0.0021
मैंग्नीज डाइआक्साइड (Maganese dioxide)	0.0021
कोबाल्ट क्लोराइड (Cobalt chlorid)	0.0015
पोटेसियम आयोडाइड (Potassium iodided)	0.0003
जिंक सल्फेट (Zinc sulphate)	0.0075
बंधन पदार्थ (q.s)	आवश्यकतानुसार
कुल योग	3.0000

भैंस पोषण में खनिज लवण

भैंस को आहार में थोड़ी मात्रा में विभिन्न खनिज लवणों की आवश्यकता होती है। इनमें से कुछ लवण वांछित मात्रा में दाना मिश्रण अथवा चारे से मिल जाते हैं तथा कुछ अलग से लवण पूरक के द्वारा भी देने पड़ते हैं। खनिज लवणों की कमी और असन्तुलन से उत्पादन में भी कमी आ जाती है तथा भैंस रोग ग्रस्त भी हो सकती है। मुख्य लवण कैल्शियम तथा फास्फोरस है तथा अन्य लवणों में सोडियम, पोटेशियम, क्लोराइड, आयरन, कोबाल्ट, तांबा, जिंक, मैग्नीशियम, मैंग्नीज इत्यादि हैं। लवण मिश्रण 1 से 2 प्रतिशत के अनुपात में दाना मिश्रण में मिला दिया जाता है अथवा ईंट के रूप में बाड़े मे भी दिया जाता है। इस ईंट को पशु जरूरत अनुसार चाटता रहता है।

भारतीय मानक संख्या (1960) के अनुसार मिश्रण में हड्डियों का चूरा, चाक पाउडर तथा कैल्शियम फास्फेट का 45:10:12 का अनुपात पशुओं के लिए सुझाया गया है। सारणी 5.5 में दिए गये अनुपात से लवण मिश्रण की ईंटें बनाकर या पाउडर बनाकर रख लिया जाता है और आवश्यकतानुसार पशुओं को दिया जा सकता है।

अध्याय 6

भैंस जनन और कृत्रिम गर्भाधान

प्रजनन वह प्रक्रिया है जिसमें नर व मादा के संयोग से सन्तानोपत्ति होती है। दुधारू पशुओं का स्तर उनकी प्रजनन क्षमता पर उतना ही निर्भर करता है जितना उनकी उत्पादन क्षमता पर। नियमित प्रजनन प्रक्रिया से न केवल अच्छे पशु पैदा किये जा सकते हैं बल्कि उनकी संख्या में भी आशातीत वृद्धि की जा सकती है। प्रजनन क्षमता नर तथा मादा दोनों पर समान रूप से निर्भर है। जाहिर है कि अच्छे नस्ल के सांडों से गर्भाधान कराने से भैंसों का नस्ल सुधार होगा।

प्रजनन एक सामान्य प्रक्रिया है जिसमें नर और मादा का बराबर सहयोग आवश्यक है। प्रत्येक पशु में प्रजनन संबंधी कुछ विशेषताएं पाई जाती हैं। भैंस की प्रजनन में भी कुछ विशेषतायें पाई जाती हैं जैसे कि भैंस की प्रजनन क्षमता मौसमी मानी जाती है। यह क्षमता मौसम के अनुसार घटती बढ़ती रहती है, परन्तु पूर्णतया बन्द कभी नहीं होती। भारत में गर्मी के मौसम में यह क्षमता अन्य मौसमों के मुकाबले काफी कम होती है एवं प्रतीत नहीं होती। गर्मी के मौसम में अत्याधिक शारीरिक तापमान शायद इस प्रजनन क्षमता के कम होने का मुख्य कारण है। भैंसों में गर्मी का पता लगाने में अत्याधिक सावधानी तथा भैंसों को गर्मी के दुष्प्रभाव से बचाने के कार्यक्रम इस समस्या के समाधान में काफी लाभकारी हैं।

नर भैंस के प्रजनन अंग सांड से मिलते–जुलते हैं परन्तु आकार में छोटे होते हैं। भैंस प्रजनन की मुख्य दो विधियां हैं जिनके द्वारा वे अपनी संख्या में वृद्धि करते हैं।

(क) प्राकृतिक विधि

(ख) कृत्रिम विधि

जैसे कि नाम से स्पष्ट है प्राकृतिक विधि प्रकृति द्वारा बनाई गई है। इसमें प्रकृति नर एवम् मादा पशुओं को प्रजनन योग्य बनाती तथा चेतना उत्पन्न करती है कि ये दोनों आपस में समागम करके नये जीव उत्पन्न कर सकें। पशु प्रजनन का यह सबसे सरल तरीका है।

भारत में कृत्रिम गर्भाधान

भारत में प्रजनन योग्य भैंसों को प्राकृतिक रूप से गर्भित कराने के लिए लगभग 2,90,000 भैंसा सांड़ों की आवश्यकता है। इतनी विशाल संख्या में अच्छी नस्ल के सांड़ उपलब्ध नहीं हैं। इस कमी की पूर्ति के लिए कृत्रिम गर्भाधान आवश्यक है।

प्राकृतिक रूप से एक सांड़ एक साल में 50 से 100 भैंस गर्भित कर सकता है। जबकि हिमीकृत वीर्य कृत्रिम गर्भाधान द्वारा एक सांड़ से 3,000 से 5,000 भैंसों को गर्भित किया जा सकता है। अच्छी नस्ल उत्पन्न करने और अपनी देसी नस्ल की भैंसों में सुधार करने का कृत्रिम गर्भाधान ही एक मात्र उपाय है जो कि हमारे देश के लिए लाभकारी है और होगा।

कृत्रिम गर्भाधान के लाभ

भैंसों को कृत्रिम गर्भाधान द्वारा गर्भित कराने के निम्नलिखित लाभ हैं:

1. यह सांड़ रखने की अपेक्षा सस्ता उपाय है। छोटे पशुपालकों को जो कि केवल एक या दो पशु रखते हैं विशेष रूप से उपयोगी हैं।
2. इस विधि द्वारा अच्छे सांड़ों का समुचित उपयोग किया जा सकता है तथा इस विधि से अच्छी नस्ल का उन्त्त सांड़ कई गुना ज्यादा भैंसों को गर्भित कर सकता है।
3. इस विधि में वीर्य को पूर्ण जांच के बाद प्रयोग में लाते हैं ताकि कुछ रोगों का प्रसार रोका जा सके।
4. मादा जनन तन्त्र में पाई जाने वाली व्याधियों का पता लगाना आसान हो जाता है तथा उनकी समुचित उपचार व्यवस्था भी की जा सकती है।
5. सांड़ का संरक्षित वीर्य मरणोपरांत भी उपयोग हो सकता है।
6. बढ़िया परन्तु सुस्त, वृद्ध या चोट लगने से चढ़ने में असमर्थ सांड़ का वीर्य भी प्राप्त करके भैंसों को गर्भित किया जा सकता हैं।
7. वीर्य हवाई जहाज़ या अन्य साधनों द्वारा आसानी से दूरदराज पर भेजा जा सकता है तथा इसको बेचने से विदेशी मुद्रा कमाई जा सकती है।

भैंस को कृत्रिम गर्भाधान द्वारा कैसे गर्भित करायें

1. भैंस को बांध दें तथा इधर–उधर भागने न दें। अच्छा तो यह होगा कि उसे गर्भाधान चरखड़े (Crate) में खड़ा कर दें। भैंस के गुदा भाग तथा आस–पास को साफ कर दें।
2. एक हाथ को गुदा द्वार में प्रवेश कराके गर्भाशय ग्रीवा (Cervix) को पकड़ लें।
3. शीशे की गर्भाधान नली में सिरिंज की सहयता से एक या डेढ़ सी. सी. वीर्य खीच लें। यह ध्यान रखें कि गर्भाधान नली का किनारा टूटा हुआ नहीं हो तथा नली मोटे शीशे की बनी हो जो आसानी से न टूट पाये।
4. गर्भाधान नली को योनिद्वार से गर्भाशय ग्रीवा (Cervix) तक पहुंचा दें।
5. वीर्य को गर्भाशय ग्रीवा के मुख पर सिरिंज की सहायता से छोड़ दें तथा गर्भाधान नली को सावधानी तथा धीरे से बाहर निकाल लें।
6. इस विधि में उपयुक्त सभी उपकरणों को साफ तथा जीवाणु रहित करने के पश्चात ही उपयोग करें तथा उपयोग के तुरन्त बाद सफाई करके अलग रखें।

कृत्रिम विधि, पशु प्रजनन में प्राकृतिक विधि से अधिक उत्तम, किफायती तथा सुविधाजनक पाई गई है इसलिए धीरे–धीरे यह प्राकृतिक विधि की जगह अपनायी जाने लगी है। कृत्रिम विधि से पशुओं का प्रजनन उनके नर तथा मादा पशु के बिना समागम के होता है। इस विधि में नर पशु का वीर्य कृत्रिम ढंग से एकत्रित करके मादा जननेन्द्रिय में यंत्रों की सहायता से कृत्रिम ढंग से ठीक समय पर गर्भाशय में पहुंचाया जाता है। प्रजनन की इस विधि को कृत्रिम गर्भाधान कहते हैं। एक नर भैंस के शिशन की औसतन लम्बाई 83.5 सें. मी. पाई गई (जोशी, लुकटुके तथा चटर्जी, 1967)। नर भैंस के अंडकोश (Testicle) का वजन 78 ग्राम होता है जबकि गौ सांड (cow bull) के अण्डकोष का वजन 400 ग्राम तक हो जाता है।

नर भैंसों में यौवनारम्भ उस आयु को माना जाता है जबकि वीर्य में शुक्राणु दिखाई देने लगें। नर भैंस दो साल की आयु में मादा भैंसों पर चढ़ना शुरू कर देता है परन्तु पूर्णतया समागम नही कर पाता। मिस्र की भैंसों में लगाये अनुमान से पता चलता है कि प्रथम वीर्य उत्पादन के समय नर भैंसों की औसत आयु 3.7 साल थी। भारतीय भैंसों में भी इसी आयु के होने पर सांड़ प्रजनन के लिए सक्षम बन पाते हैं। परन्तु अच्छे पोषण और प्रबन्ध से भैंसे कम आयु में भी वीर्य उत्पादन करना शुरू कर देते हैं।

भैंसों में वीर्य संग्रहण

भैंसों में वीर्य इकट्ठा करने के लिए कृत्रिम योनि का उपयोग किया जाता है। भैंसों के लिए छोटी (35–40 सें.मी.) किस्म की कृत्रिम योनि ज्यादा लाभकारी हैं परन्तु लम्बी (50-55 सें. मी.) कृत्रिम यानि भी इस्तेमाल की जा सकती है। भैंसा के जनन अंगों की मालिश से भी वीर्य प्राप्त किया जा सकता है यद्यपि यह विधि अपेक्षाकृत गाय के सांड़ों के मुकाबले में कम लाभकारी है।

नर भैंसों के प्रजनन के मुख्य अंग है वृषण। शुक्राणुओं तथा नर हार्मोन टेस्टोस्टीरोन का निर्माण वृषण में होता है। टैस्टोस्टीरोन के कारण ही सांड में द्वितीयक लैंगिक गुण विकसित होते हैं। इस हार्मोन की अनुपस्थिति में लिंग ग्रन्थियों और शिशन का सामान्य विकास नहीं होता।

प्रत्येक वृषण सामान्यतः वृषण कोष (Scrotum) के एक कक्ष में स्थित होता है जो कि देहगुहा से बाहर रहता है। शुक्राणुओं का उत्पादन देह के आन्तरिक तापमान पर नहीं हो सकता और वृषण कोष इस कार्य के लिए अनुकूलता तापमान देने का कार्य करता है। नर प्रजनन के अन्य भाग है : अधिवृषण (Epididyxmis), शुक्रवाहक (Vas deferens) शुक्राशय (Seminal vesicles), पुरास्थ ग्रन्थी (Prostate gland), का उपर ग्रन्थियां (Bullourethral or Cowpers gland), मूत्रमार्ग (urethra) और शिशन (Penis)।

विद्युत निष्कासन यंत्र (Electroejaculator) की सहायता से भी वीर्य प्राप्त किया जा सकता है। यह यंत्र उन भैंस सांड़ों में प्रयोग के लिए उत्तम है जो कि किसी चोट अथवा अन्य कारणवश मादा भैंस से समागम करने में असमर्थ हैं या ज्यादा आयु के कारण असमर्थ हैं।

ऊपर लिखित किसी भी विधि से प्राप्त वीर्य सामान्यतः सफेद अथवा क्रीम रंग का होता है। सांड तथा भैंसा के वीर्य का पहचान रंग के आधार पर की जा सकती है। सांड़ का वीर्य हल्के पीले रंग का होता है जबकि भैंसा का वीर्य सफेद रंग का होता है। वीर्य को एक परखनली अथवा निशान लगी अपकेन्द्रित नली में एकत्रित किया जाता है। इसके तुरन्त बाद वीर्य का परीक्षण किया जाना आवश्यक है। वीर्य की मात्रा परखनली पर लगे निशानों से मापी जाती है। सामान्यतः भैंसा के वीर्य की मात्रा 3 से 4 मि. ली. पाई जाती है। केन्द्रीय भैंस अनुसंधान संस्थान, हिसार के एक प्रयोग के दौरान इस मात्रा का औसत 3.27 मि. ली. पाया गया (जिन्दल तथा जैन, 1992)। भैंसा के वीर्य में शुक्राणुओं की संख्या तथा उनकी गतिशीलता वीर्य का गुणवत्ता के लिए अनिवार्य है। भैंसा के वीर्य में औसतन 1.39 विलियन शुक्राणु प्रति मि. ली. पाये जाते हैं। इसी प्रकार एक भैंसा एक बार में औसतन 4.57 बिलियन शुक्राणु बाहर निकलता है (जिन्दल तथा साथी, 1993)। महत्वपूर्ण बात यह है कि इन 4.57 बिलियन शुक्राणुओं में से केवल एक ही शुक्राणु अण्डे के साथ मिलकरक भ्रूण की उत्पत्ति में सहायक होता है।

शुक्राणुओं की गतिशीलता एक ऐसा मापदण्ड है जो कि वीर्य की सन्तान उत्पत्ति क्रिया में महत्वपूर्ण योगदान देता है । निष्क्रिय शुक्राणु संतान उत्पत्ति के लिए अयोग्य होते हैं। वीर्य में निष्क्रिय शुक्राणुओं की मात्रा कम से कम हो, यह अच्छे वीर्य की पहचान है। शुक्राणुओं की गतिशीलता का भी उसके दिशा और गति के आधार पर मूल्यांकन किया जाता है। यदि शुक्राणु विपरीत दिशा में चलते नजर आते हैं तो यह एक अच्छा लक्षण नहीं समझा जाता। टेढ़े–मेढ़े तथा अपने ही चारों ओर घूमने वाले शुक्राणु भी अच्छे नहीं समझे जाते, अतएव इनकी मात्रा का कम से कम होना बहुत आवश्यक है। शुक्राणुओं को उनकी गति के आधार पर प्रतिशत में नापा जाता है। अच्छे वीर्य में 80 प्रतिशत गतिशीलता सामान्य बात है।

जीवित शुक्राणुओं की पहचान

शुक्राणुओं का जीवित और मृत होने का अनुमान लगाया जाता है शुक्राणुओं को इओसीन तथा निग्रोसीन नामक रंग के घोल में मिलाकर कुछ समय के लिए रखा जाता है तत्पश्चात् उसका एक स्लाइड पर पतला लेप बनाकर सूक्ष्मदर्शी यंत्र की सहायता से देखा जाता है। इस प्रकार मृत जीवाणु रंगीन नजर आते हैं तथा जीवित शुक्राणु रंगहीन या रंग के बिना पाये जाते हैं। रंगीन तथा रंग विहीन शुक्राणुओं की गिनती कर उनका अनुपात निकाल लिया जाता है।

शुक्राणुओं की संख्या

इसको नापने के लिए एक हीमोसाइटोमीटर नामक यंत्र का प्रयोग किया जाता है। यह एक प्रकार की स्लाइड होती है जिस पर निशान खुदे हुए होते है। ये निशान आयताकार होते हैं तथा प्रत्येक आयत की एक निश्चित लम्बाई एवं चौड़ाई होती है। इस

प्रकार की लगभग 5 बड़ी आयतों में शुक्राणुओं की गिनती का एक औसत निकाल लिया जाता है। उस गिनती को उसके क्षेत्र से भाग कर दिया जाये तो यह अनुमान लगाया जा सकता है कि एक मि. ली. में कितने शुक्राणु हैं।

वीर्य की तरलता

कई बार वीर्य में शुक्राणुओं की मात्रा बहुत ही कम होती है। ऐसा वीर्य देखने में पतला तथा पानी जैसा नजर आता है। काफी समय तक वीर्य इकट्ठा न किये जाने पर इनकी संख्या बढ़ जाती है और वीर्य गाढ़ा हो जाता है। पशु के बीमार हालत में और गर्मियों में वीर्य पतला होता है।

शुक्राणुओं की गणना

वीर्य में शुक्राणुओं की मात्रा का अनुमान रंगमापी विधि से भी निकाला जा सकता है। इस विधि में 0.1 मि.लि. वीर्य को 7.8 मि.लि. सोडियम साइट्रेट के घोल में मिलाया जाता है। उसके बाद परखनली को रंगमापक यंत्र में डाल कर उसके रंग का अनुमान लगाया जाता है। तालिका से रंग के आधार पर शुक्राणुओं की संख्या पढ़ ली जाती है।

डा. आभी तथा ग्रेवाल (1971) ने रंगमापी विधि (Colorimeter) तथा हेमोसाइटोसीटर विधि से भैंसा के वीर्य में शुक्राणुओं की संख्या नापी तथा पाया कि दोनों विधियों के द्वारा शुक्राणुओं की संख्या नापने के अनुमानों में 0.81 से 0.85 तक का मेल पाया गया।

भैंसा के वीर्य में पाये जाने वाले शुक्राणु कई बार शुरू–शुरू में न चलने वाली अवस्था में होते है। परन्तु इस वीर्य को तनुकारक में मिलाने के पश्चात चलने लगते हैं। आभी तथा साथी (1968) के अनुसार वीर्य के 280 नमूनों में से 74 ऐसे पाये गये जिनमें शुरू में शुक्राणु नहीं चलते पाये गये। ऐसे न चलने वाले वीर्य के नमूनों की संख्या सर्दियों में काफी ज्यादा पाई गयी। ऐसे न चलने वाले वीर्य में कम मात्रा, जीवित शुक्राणुओं तथा कुल जीवित शुक्राणुओं की संख्या का कम होना इत्यादि दोष पाये गये। जिन्दल तथा साथियों ने (1995) ऐसे न चलने वाले वीर्य के नमूनों को हिमशीतित करने में सफलता प्राप्त की।

डा. आभी (1982) के अनुसार हिमशीतित वीर्य से गर्भ धारण की दर, तरल वीर्य के मुकाबले कुछ कम पाई गई। यह दर तरल वीर्य से 37.7 प्रतिशत थी जबकि जमे बीर्य से यह 31.7 प्रतिशत रह गई।

शुक्राणु शरीर में अण्डकोष नामक अंग में बनते हैं। इनके बनने की क्रिया यौवनारंभ के बाद निरंतर चलती रहती है। इस ग्रन्थी में बनने वाले शुक्राणु न तो भ्रूण बनाने के योग्य होते हैं न ही चल फिर सकते हैं। इन शुक्राणुओं में गतिशीलता अधिवृषण नामक अंग में उत्पन्न होती है, जहां पर इनका भंडारण भी होता है तथा जहां से बाहर निकलने से पहले यह गुजरते हैं। अगर यह शुक्राणु समय समय पर बाहर न निकले तो इनका विनाश भी हो जाता है तथा कुछ पेशाब के साथ भी निकल जाते हैं।

वीर्य तनुकारक

वीर्य में तनुकारी पदार्थ, जीवाणुनाशक तथा पोषक तत्वों का मिश्रण मिलाया जाता है। इससे वीर्य का आयतन बढ़ जाता है और यह काफी भैंसों के गर्भाधान के काम में लाया जा सकता है।

ऐसे पोशक तत्व वाले वीर्य को 4 डिग्री सेल्सियस पर 3 दिन तक सुरक्षित रख सकते है और इसकी एक मि.लि. मात्रा वीर्य सींचने के लिए प्रयोग की जाती है। यदि वीर्य को कई वर्षों तक सुरक्षित रखना हो तो अति हिमीकृत वीर्य विधि का प्रयोग किया जाता है। इस विधि में वीर्य को –196 डिग्री सेल्सियस पर रखकर उपयोग करते हैं। सांड़ के मरणोपरांत भी ऐसे वीर्य से उसकी संतान पैदा कर सकते हैं। अति हिमीकृत वीर्य को 0.5 मि. लि. तथा 0.25 मि. लि. वाली पी.वी.सी प्लास्टिक की ट्यूबों में भरकर सील करके तरल नाइट्रोजन में ठंडा रखा जाता है। अति हिमीकृत वीर्य संतति परीक्षण के लिए अत्यंत उपयोगी है।

तनुकारक अथवा डाइल्यूटर के बनाने के लिए कई वस्तुएं प्रयोग में लाई जाती हैं। इनमें से भैंस के लिए उपयोगी तनुकारक निम्नलिखित हैं:

1. दूध से बने तनुकारक।
2. सोडियम साइट्रेट तनुकारक जिसमें अंडे की जर्दी म्लिी होती है।
3. ट्रीस से बने तनुकारक

पतले किये हुए वीर्य की जांच सूक्ष्मदर्शी यंत्र से की जाती है। यदि जांच करने पर शुक्राणु इसमें तीव्रता से आगे की ओर बढ़ते हों तथा इनकी संख्या भी उचित हो तो इसका प्रयोग कृत्रिम गर्भाधान के लिए किया जाता है।

अति हिमीकृत वीर्य की जांच के उपरान्त अगर यह पाया जाये कि करीब 30 या उससे अधिक प्रतिशत शुक्राणु तीव्रता से आगे की ओर बढ़ते हैं तभी उसका उपयोग कृत्रिम गर्भाधान के लिए किया जाना चाहिए।

भैंसों में मादा जननतंत्र के कार्य

मादा पशुओं की जनन क्रिया बहुत ही विशिष्ट और जटिल होती है। जनन क्रिया के लिए निम्नलिखित लक्षण होने चाहिए:

1. सजीव डिम्ब की उत्पत्ति
2. ऋतुकाल के लक्षणों का प्रदर्शन
3. गर्भधारण के पश्चात भ्रूण के पालन पोषण की क्षमता

जनन क्रिया बहुत सी शारीरिक क्रिया के समन्वय से परिपूर्ण होती है। ये शारीरिक क्रियाएं निम्नलिखित हैं:–

1. वयस्कता अथवा यौवनारंभ
2. ऋतुचक्र
3. डिम्ब जनन

4. पुटिका का जनन और क्षरण
5. डिम्ब अभिगमन
6. शुक्राणु अभिगमन
7. निषेचन
8. निरोपण
9. गर्भकाल
10. प्रसव
11. रजोनिवृति

भैंसों की मादा जनन क्रिया कई प्रकार के अवरोधों से ग्रस्त है। जिसके कारण यह प्रक्रिया अनियमित हो जाती है। इस प्रकार की अनियमितता से भैंस पालकों को काफी आर्थिक क्षति का भी सामाना करना पड़ता है। उत्तम पोषण और प्रबंध से इन अनियमितताओं को कुछ हद तक दूर किया जा सकता है। भैंसों में गाय की तरह ही सारे साल प्रजनन सम्भव है, परन्तु बहुत से देशों में ऐसा पाया गया है कि भैंस के बच्चों का जन्म किसी विशेष मौसम में, दूसरे मौसम के अनुपात में ज्यादा होता है अर्थात भैंसों में जन्म की प्रक्रिया मौसमी है। इस मौसमी जनन प्रक्रिया के कारण निम्नलिखित हो सकते हैं :

1. वातावरण का तापमान
2. पशु चारे की उपलब्धता
3. दिन तथा रात के समय में अन्तर
4. झोटों का वीर्य गर्मियों में अच्छे किस्म का न होना।
5. भैंसों में गर्भ होने के कम लक्षण
6. भैंस पालकों का अपनी मर्जी से भैंसों की ब्यात लेना।

दिन की रोशनी बदलने का असर

कक्कड़ तथा साथियों (1982) के अनुसंधान कार्यों के अनुसार गर्मी के मौसम में जबकि वातावरण का तापमान काफी अधिक हो जाता है तथा दिन की लम्बाई भी अधिक हो जाती है जनन क्षमता कम हो जाती है। राव तथा पाण्डे (1982) के अनुसंधानों से पता चलता है कि ऐसे समय में खून के अन्दर प्रोजेस्ट्रोन (Progesterone) नामक अंतः स्राव की मात्रा काफी कम हो जाती है। इन दोनों कारणों से भैंस का प्रजनन मौसमी हो जाता है। ऐसा भी देखा गया है कि अगर भैंसों को गर्मी से बचाकर रखा जाये तथा गर्मियों में उनके शरीर पर दिन में कई बार पानी का छिड़काव किया जाये तो उन्हें गर्मियों में भी ऋतुचक्र में लाया जा सकता तथा ऐसे मौसम में भी प्रजनन सम्भव हो सकता है। मदकाल और इसके लक्षण निम्न है।

1. पूर्व मदकाल (Pro-estrus)
2. मदकाल (estrus)
3. अन्तः मदकाल (di-estrus)
4. विश्राम काल या पश्च मदकाल (met-estrus)

1. पूर्व मदकाल : भैंस इस अवस्था में तीन दिन तक रहती हैं। इस अवस्था में अन्तिम समय में मादा पशु, नर से मिलने को उत्सुक रहती है। इस दौरान सिर में पिट्टयूटरी ग्रन्थी से स्रावित एफ.एस.एच. (FSH) हार्मोन के प्रभाव से ग्राफी पुटक (Graffian follicle) की वृद्धि होती है तथा उससे इस्ट्राडियोल नामक हार्मोन अधिक मात्रा में उत्पन्न होता है। डिम्बवाहिनी की आन्तरिक सतह पर रोमकों की वृद्धि हो जाती है। गर्भाशय की श्लेष्मा में रक्त संचार बढ़ जाता है।

2. ऋतुकाल या मदकाल : भैंसों में इस अवस्था में मादा पशु की नर पशु से मिलने की इच्छा तथा स्वीकृति से पहचाना जाता है। यह अवस्था नर से मिलने की इच्छा से शुरू होती है तथा अनिच्छा पर समाप्त होती है।

भैंस के गर्मी (ऋतुकाल) में आने के लक्षण

भैंसों में गर्मी में आने के लक्षण निम्नलिखित हैं:

1. झोटे द्वारा भैंस पर चढ़ने की कोशिश।
2. बार–बार पेशाब (मूत्र त्याग करना) आना।
3. योनि (योनि द्वार) की सूजन।
4. भैंस का बार–बार आवाज करना या रंभाना।
5. भैंस की योनि से सफेद तथा पारदर्शक चिपचिपा म्यूकस (पानी जैसा श्लेष्मि स्राव) निकलना।
6. ऋतुमयी भैंस अत्याधिक क्रियाशील हो जाती हैं। किसी भी प्रकार की आहट पाते ही वह चौकन्नी हो जाती है।
7. भैंस के चरने तथा खाने के स्वभाव में अन्तर आ जाता है। वह चरना छोड़कर इधर–उधर घूमती है, तथा चारा खाना छोड़ देती है।
8. जुगाली करना बन्द कर देती है।
9. ऋतुमयी भैंस का दुग्ध उत्पादन घट जाता हैं।
10. चरते समय या घूमते समय पूंछ उठाये रहती है।
11. ऋतुमयी भैंस अन्य भैंसों को चाटती है।

लक्षणों की तीव्रता के आधार पर ऋतुमयी भैंसों को तीन वर्गों में विभक्त किया जाता है।

1. तीव्र लक्षण प्रदर्शित करने वाली।
2. मध्यम लक्षण प्रदर्शित करने वाली।
3. क्षीण लक्षण प्रदर्शित करने वाली।

भैंस में ऋतुकाल की अवधि 12 से 24 घन्टे होती है।

3. अंतः ऋतुकाल : यह अवस्था ऋतुकाल के बाद शुरू होती है तथा भैंस में इसकी अवधि 3-5 दिन तक होती है।

4. पश्च मदकाल : इस अवस्था में पीत पिण्ड (Corpus luteum) पूर्ण रूप से बढ़

जाता है तथा प्रोजेस्ट्रन काफी मात्रा में उत्पन्न होता है। भैंस में यह अवस्था 13 दिन तक पाई जाती है।

ऋतुचक्र को प्रभावित करने वाले कारक

ऋतु चक्र को प्रभावित करने वाले कारकों का प्रभाव अनियमित तथा अनिश्चित ऋतुचक्रों के रूप में प्रदर्शित होता है। यह कारक पशु में अप्रजननशीलता उत्पन्न करते हैं। भैंसों में यह कारक अत्याधिक महत्वपूर्ण है। इन कारकों में प्रमुख हैं:

1. पोषण व्यवस्था
2. मौसम
3. तापमान
4. आयु
5. बीमारियां
6. हार्मोनों का असंतुलन
7. अन्य

गर्भाधान का उचित समय

गर्भाधान का उचित समय मद में आने के प्रथम लक्षण दिखाई देने के उपरान्त 6 घन्टे से 18 घन्टे के अन्दर होता है। यदि इस हिसाब से गर्भाधान करवा दिया जाये तो गर्भ धारण की संभावना 90 प्रतिशत तक होती है।

ब्याने के बाद दोबारा गर्भाधान कब करवाया जाये

दो ब्यांतों के बीच का आदर्श अन्तर 12-14 माह का माना जाता है। भैंस वही अच्छी होती है जो प्रतिवर्ष नियोजित रूप से ब्याती रहे। परन्तु ब्याने के तुरन्त बाद भैंस को प्रजनन कराने से गर्भाधान नहीं होता क्योंकि ब्याने के बाद गर्भाशय को अपनी सामान्य अवस्था में आने में कुछ समय लग जाता है। इसलिए ब्याने के 60-90 दिन के अन्दर भैंस को दोबारा गाभिन करवाया जाये। इस अवधि में भैंस की जननेन्द्रियां अपनी सामान्य अवस्था में आ जाती हैं और भैंस फिर गर्भधारण करने की स्थिति में आ जाती है। ब्याने के 60 दिन बाद भैंस को ठीक प्रकार से देखते रहना चाहिए कि कहीं वह मद में तो नहीं है। यदि भैंस 90 दिन तक मद में न आये तो पास के किसी पशु चिकित्सालय से इसके गर्भाशय आदि का निरीक्षण करवा देना चाहिए। क्योंकि भैंस के दोबारा ठीक समय पर गाभिन न होने पर उसके एक ब्यांत से दूसरे ब्यांत का अन्तर बढ़ जाता है । ऐसी भैंसों से घाटा होता है।

मादा प्रजनन के हार्मोन (अतः स्रोव)

डिंबग्रंथि में उत्पन्न हार्मोनों में पुटक से उत्पन्न इस्ट्रोजन और पीत पिण्ड से उत्पन्न प्रोजेस्ट्रोन शामिल हैं।

यद्यपि पुटक और पीत पिंड [Corpus luteum (yellow body)] लगभग समान आकार के होते हैं, लेकिन वे देखकर अथवा परिस्पर्श द्वारा पहचाने जा सकते हैं। यद्यपि पुटक

एक कोष होता है जो द्रव से भरा रहता है, स्पर्श करने से और देखने में फफोले के समान प्रतीत होता है, जबकि पीत पीण्ड ठोस होता है।

इस्ट्रोन सगर्भता के हार्मोन के रुप में जाना जाता है क्योंकि यह निषेचित डिंब के आरोपण से पूर्व अंतःगर्भाशय कला को मोटा और गर्भाशय ग्रंथियों को विकसित करता है। यह आरोपण और सगर्भता की अवधि के दौरान गर्भाशय की बहुत अधिक स्वतः गतिशीलता का निरोध करता है।

प्राजेस्टेरान का कम होना इस बात का संकेत देता है कि इस्ट्रोजन बढ़ेगा। भैंस के खून में इस्ट्रोजन प्रसव के 48 घन्टे पहले काफी ज्यादा मात्रा में पाया गया तथा प्रसव के 48 घन्टे बाद अपनी सामान्य मात्रा तक आ जाता है।

मदकाल समकालन (Estrous synchronization)

मदकाल समकालन जनन प्रबन्ध का एक नया तरीका है। इस विधि में भैंसों को एक प्रकार का संशिलष्ट पदर्थ खिलाकर या उसका टीका लगा कर उसका मदकाल एक समय किया जाता है। इस पदार्थ (MGA) को 17-18 दिन तक सभी भैंसों को खिलाया जाता है। जब खिलाना बन्द कर दिया जाता है तो 5 दिन के अन्दर लगभाग सभी भैंसें मदकाल में आ जाती हैं। फिर उनको कृत्रिम रूप से गर्भित किया जाता है।

अन्य विधि में भैंस की गुदा में हाथ डालकर डिंब ग्रन्थियों का परीक्षण किया जाता है। जिन भैंसों की डिंब ग्रन्थियों में पीत पिंड पाया जाता है उन्हें प्रोस्टाग्लेडीन (Prostaglandin F2) का 5 मि. ली. इन्जैक्शन दिया जाता है । भैंसें इंजेक्शन लगाने के 48-92 घन्टे के अन्दर मदकाल में आ जाती हैं। इस विधि का उपयोग भ्रूण प्रत्यारोपण में भी आवश्यक है।

भैसों में मदकाल समकालन पर अनेक प्रयोग किये गये है। थाईलैंड में भैंस को प्रोस्टाग्लेडीन एनालोग, क्लोपरोस्टीनोल नामक दवा का 0.5 मि. ग्रा. का इंजैक्शन ग्यारह दिनों के अंतराल पर दिया गया। दूसरे इंजैक्शन के 72 से 96 घन्टे के भीतर भैंसों को गर्भित कराया गया। 60 दिन बाद गर्भाशय की जांच पर 44 प्रतिशत भैंसों को गर्भित पाया गया। इस विधि से भैंस की मदकाल में आने का पता लगाने की दिक्कत का समाधान हो सकता है।

सगर्भता (Pregnancy)

सगर्भता मादा पशु की उस अवस्था को कहते है, जब उसके गर्भाशय में गर्भ का विकास हो रहा हो। सगर्भता की सामान्य से शीघ्र समाप्ति गर्भपात अथवा अकाल जन्म कहलाता है। प्रायः अकाल जन्म से बच्चे की मृत्यु हो जाती है।

सगर्भता का पता लगाना काफी महत्वपूर्ण है। भैंस में यह पता जनन अंगों को टटोल कर लगाया जाता है। इस क्रिया में गुदा में हाथ डालकर पहले तो गोबर बाहर निकाल दिया जाता है तथा उसके बाद मलाशय की भीतरी झिल्ली से जनन अंगों को पकड़कर हाथ में ले लिया जाता है। जनन अंगो को छूकर या परिस्पर्श के द्वारा यह पता लगाया

जाता है कि गर्भाशय का एक श्रृंग (Horn) दूसरे श्रृंग की अपेक्षा अधिक उन्नत है या नहीं।

मद की अनुपस्थिति भी सगर्भता का संकेत देती है। यदि मद अवधि और संसेचन दिन के सही अभिलेख रखे जाये तो अधिकांश भैंसों में सगर्भता का सर्वप्रथम लक्षण यह है कि आगामी संभावित मदकाल में वह कामोन्माद अथवा गर्मी में नहीं आयेगी।

प्रसूति काल (Gestation period) अथवा सगर्भता अवधि

भैंसों में प्रसूति काल लगभग 310-315 दिन होता है विभिन्न देशों के वैज्ञानिकों के अनुमान सारणी 6.1 में दिये गये है ।

सारणी 6.1. भैंसों की सगर्भता अवधि के अनुमान

तुर्की की भैंस	323.3 ± 1.31 दिन
मुर्रा भैंस (भारत)	311.3 (305-322) दिन
मुर्रा भैंस (श्रीलंका)	310 दिन
महसाना भैंस (भारत)	309 दिन
देसी भैंस (श्रीलंका)	301 दिन
मुर्रा भैंस (श्रीलंका)	308.8 दिन
मिस्र की भैंस	313.13 दिन
मिस्र की भैंस	318.7 दिन
दलदलीय भैंस	325-330 दिन
नीली–रावी (पाकिस्तान)	310-318 दिन

गाय में प्रसूति काल अथवा सगर्भता अवधि करीब 282 दिन (274 से 291 दिन) होती है जबकि घोड़ी में 336 दिन (323 से 314 दिन), भेड़ और बकरी में 150 दिन (140 से 160 दिन), सूकर में 114 दिन (110 से 116 दिन) तथा कुतिया में 63 दिन (60 से 65 दिन) होती है। स्पष्ट है कि भैंसों में यह अवधि गाय से लगभग एक मास अधिक, घोड़ी से कम तथा भेड़ बकरी, कुतिया तथा सूकर से काफी अधिक होती है।

प्रसव

प्रसव बच्चे को जन्म देने की क्रिया है जो सगर्भता की समाप्ति को घोषित करती है। प्रसव के निकट होने के लक्षणों में स्तन ग्रंथियों से दूध के समान पदार्थ स्रावित होने लगता है। जब प्रसव का समय निकट होता है तो भैंस बेचैन हो जाती है। भैंस एकांत चाहती है तथा बार–बार बैठती और उठती है।

प्रायः भैंस के बछड़े के जन्म में अगले पांव पहले बाहर आते हैं और उनके बीच में सिर होता है । यह अवस्था अग्र स्थिति (Anterior presentation) कहलाती है।

प्रथम प्रसव के समय भैंस आयु अनुमानतः साढ़े तीन से चार साल बताई गई है भैंस का औसत जन्म भार 27 से 30 किलो. ग्राम के आस पास होता है।

आमतौर पर भैंसों में प्रसव के समय एक ही बच्चा पैदा होता है । परन्तु कभी–**कभी** दो बच्चों का पैदा होना भी देखा गया है। गोस्वामी तथा नायर (1989) के अध्ययनों के अनुसार भैंसों में जुड़वां अथवा दो बच्चों के पैदा होने की दर 0.06 प्रतिशत आंकी गई है।

प्रजनन सम्बन्धी रोग

जैर न गिराना (Retention of Placenta) : कुछ भैंसे व्यांत के बाद जैर नहीं गिरा पाती। भैंसों में ऐसी स्थिति गाय के मुकाबले कम पाई जाती है। दत्ता तथा दुगवेकर (1983) के अनुसार इस प्रकार की व्याधि का प्रतिशत गायों में 18.46 पाया गया जबकि भैंसों में यह केवल 4.69 पाया गया है। यह अक्सर उन पशुओं में भी होता है जिनमें कठिन जनन या कष्ट प्रसव पाया गया है।

यह एक ऐसा रोग है जिसमें ब्याने पर बच्चा बाहर तो आ जाता है परन्तु जैर अन्दर ही रह जाती है। जैर प्रायः गर्भपात होने पर भी रुक जाती है।

लक्षण

1. जैर बाहर लटकती हुई नजर आती है।
2. पीला सा स्राव बाहर निकलता है तथा बदबू आती है।
3. पशु अशांत रहता है तथा जोर लगाता रहता है।
4. दूध की मात्रा कम हो जाती है।

भैंसों में 24 घन्टे तक जैर के रुके रहने से कोई हानि नही होती है, अगर अधिक समय होने पर भी जैर रुकी रहे तो पशु चिकित्सक से परामर्श लेना चाहिए।

कष्ट प्रसव – कठिन जनन (Dystocia-Difficult birth)

भैंसों में जटिलता रहित सामान्य प्रसव एक आम बात है। लेकिन ऐसी भी अवस्थायें आती हैं जब मादा को प्रसव में कठिनाई होती है और उसे सहायता की आवश्यकता पड़ती है। यदि प्रसव पीड़ा शुरु होने से अधिक से अधिक 8 घन्टे के भीतर भैंस नहीं ब्याती तो उसका कोई उपाय करना आवश्यक हो जाता है। दोषपूर्ण गर्भ स्थिति प्रसूति कष्ट का सामान्य कारण है। मादा की जनन नली की अपेक्षा गर्भ का आकार अत्याधिक बड़ा होना भी कठिन जनन का कारण है। कई बार तो पशु चिकित्सक योनि में हाथं डालकर दोषपूर्ण गर्भ स्थिति को ठीक कर लेते हैं और ऐसा करने से शल्य चिकित्सा की आवश्यकता नहीं पड़ती। कष्ट प्रसव का सर्वोत्तम उपचार सिजेरियन आपरेशन अथवा शल्य चिकित्सा द्वारा बच्चे को बाहर निकालना है।

भैंसों में जनन समस्या

भैंस में गर्मी को बर्दाश्त करने की बहुत कम क्षमता होती है। अधिक गर्मी का भैंस जनन पर प्रतिकूल प्रभाव पड़ता है। भैंस की जनन सम्बधी मुख्य समस्यायों निम्न है :

1. ग्रीष्म बांझपन : उत्तरी भारत में ग्रीष्म ऋतु में तापमान 48 डिग्री सेल्सियस तक

चला जाता है और दिन भी काफी लम्बा हो जाता है। 13-14 घन्टे तक प्रचण्ड गर्मी का प्रकोप होता है। वर्षा हाने पर तापमान तो थोड़ा गिर जाता है परन्तु गर्मी असहनीय हाती है। यह स्थिति 2-3 महीने अर्थात जुलाई से सितम्बर तक बनी रहती है। यह प्रचण्ड गर्मी भैंसों की प्रजनन क्षमता पर बहुत ही बुरा असर डालती है। अनेक विशेषज्ञों ने पाया है कि भैंसों में मौसमी प्रजनक होता है और इनका प्रजनन काल सितम्बर से प्रारम्भ होता है जबकि गर्मी का प्रकोप कम होने लगता है। जैसे ही गर्मी बढ़नी शुरु होती है भैंसों का मद में आना कम हो जाता हैं। ग्रीष्म ऋतु में पौष्टिक और हरे चारों की भी कमी हो जाती है। कुछ वैज्ञानिकों का मत है कि अधिक गर्मी से भैंसों की अवटु ग्रन्थी से थायराक्सिन हार्मोन का स्राव कम हो जाता है जिसके कारण जनन की क्षमता कम हो जाती है।

2. मद में आने की जांच की समस्या : भैंसे सुप्त प्रजनक होती हैं। भैंस में सामान्यता यह पहचान करना कठिन होता है, कि वह कब मद में आती हैं, क्योंकि यह कोई स्पष्ट लक्षण नहीं प्रदर्शित करती हैं। यह अक्सर दूसरे जानवरों के ऊपर नही चढ़ती है और कुछ तो रंभाती भी नहीं। योनि से श्लेष्मा का स्राव भी बहुत अधिक होता है और जो थोड़ा बहुत होता है वह भी पेशाब के साथ बह जाता है।

इस समस्या का हल निम्न सुझावों से किया जा सकता है।

1. भैंस को गर्मी के प्रकोप से बचाकर रखें।
2. तेज धूप में चराने के लिए न ले जाएं।
3. दिन में दो तीन बार भैंस के शरीर पर पानी का छिड़काव करें तथा नदी, जोहड़ इत्यादि में तैराने के लिए ले जाएं।
4. भैंस को पौष्टिक हरा चारा प्रचुर मात्रा में उपलब्ध करायें।
5. हर 4 से 6 घन्टे बाद खस्सी किया हुआ भैंसा (टीजर बुल) को घुमायें।
6. भैंस की गर्भाशय की जांच करने पर गर्भाश्य कंपन का होना मद में होने का लक्षण है।
7. भैंस के बाड़े में पंखा अथवा खस की टाटियां लगाकर ठंगा रखने का प्रयास करें।

3. प्रजनन क्षमता कम करने वाली बीमारियां : कुछ बीमारियां भी भैंस की प्रजनन क्षमता पर प्रतिकूल प्रभाव डालती है। ये बीमारियां हैं: संक्रामक गर्भपात, गर्भाशय का बाहर आ जाना, सिफिल्जाइटिस, हाइड्रोसिल्फिस, योनिशोथ और सर्विसाइटिस, हाइड्रोमेंट्रा, पायोमेटराइटिस एन्जेमेटराइटिस आदि। इसके अलावा गर्भशय में गाठें बन जाना, जाला बन जाना आदि भी प्रजनन को प्रतिकूल रूप से प्रभावित करते हैं। बरुसोलैसिस, विबरोऐसिस, तपेदिक अथवा सभी वह बीमारियां जिनके होने से पशु कमजोर हो जाते है या गर्भाशय बच्चे को रखने के योग्य नहीं रहता। संक्रामक रोगों से पीड़ित पशुओं का इलाज करना बहुत जटिल समस्या है। आमतौर पर ऐसे पशुओं को निकाल देना ही अच्छा है वरना दूसरे पशुओं और परिवारजनों के लिए बीमारियों का स्रोत बन सकते हैं।

4. नये दूध का न होना: भैंस में नये दूंध न होने की समस्या बहुतायत में होती है।

झोटियां अक्सर 3 या 4 वर्ष से भी ऊपर हो जाती हैं परन्तु गर्मी में नहीं आती। अक्सर भैंसों में ब्याने के 6 या 8 महीने या अधिक गुजर जाने के बाद भी नये दूध या गर्मी के लक्षण नहीं आते हैं। इनमें से कुछ कारण ऐसे हैं जिन्हें पशु पालक ध्यांन रखें तो बचाव हो सकता है।

इस स्थिति के कई करण हैं जैसे कि शरीर में लवणों की कमी अथवा असन्तुलन हरे चारे की कमी तथा हार्मोनों की क्रिया प्रतिक्रिया मन्द होना या असन्तुलन। पशु का रोग मुक्त होना आवश्यक है, अन्यथा पशु कमजोर हो जाता है तथा गर्मी में नहीं आ पाता।

कई पशुपालक गर्मी के लक्षणों का ध्यान नहीं रखते इसलिए भी भैंसें नये दूध नहीं दे पाती। भैंसों में गर्मी के लक्षण रात को या सुबह–सवेरे ही देखने मे आते हैं और यह लक्षण 20 या 22 दिन के अन्तर पर एक निश्चित समय तक ही देखने को मिलते हैं। झोटों में लक्षण और भी थोड़े कम समय के लिए होते हैं।

इस प्रकार यदि पशुपालक सचेत न रहे तो पशु नये दूध होने वंचित रह जाता है। एक बार की यह असावधानी पशु को नये दूध के लिए महीनों पीछे कर देती हैं।

बचाव व उपचार

1. पशु को एक ही प्रकार का दाना न देकर सन्तुलित आहार देना चाहिए तथा हरे चारे की भरपूर खुराक देनी चाहिए। यदि गर्मी की ऋतु में यह कमी आती है तो खनिज मिश्रण (मिलरल मिक्सचर) पूरी मात्रा में दी जाएं।
2. अपने पशु को झोटे के पास ले जायें या पशु चिकित्सक से समय–समय पर जांच करायें विशेषतया जब भी भैंस गर्मी के लक्षण दिखाये।
3. देर रात या सुबह–सवेरे पशु को गर्मी के लक्षणों के लिए ध्यान से देखें विशेषरूप से योनि व उसके आसपास। यदि पशु थोड़ा सा बेचैन लगे तथा पूंछ के साथ तार लगे हों तो झोटे के पास ले जायें तथा यह प्रक्रिया दो दिन तक जारी रखें। इस बार भी पशु नये दूध नहीं होता तो फिर 15 दिन के बाद से ध्यान रखना चाहिए।
4. झोटी जब ढाई या तीन वर्ष की हो जाये तथा उसका वजन भी 225 या 250 किलोग्राम या अधिक हो तब से उसको नये दूध कराने के लिए कोशिश करनी चाहिए। भैंस भी ब्याने के 45 दिन या 60 दिन के बाद से नये दूध के लिए तैयार हो जाती है।
5. गर्मियों में पशु को अधिक समय के लिए धूप में न रखें, लू से बचायें तथा उसे ठन्डे स्थान पर बांधना चाहिए और दिन में दो या तीन बार ठण्डे पानी से नहलाना चाहिए।

अध्याय 7

भैंस से मांस उत्पादन

आज के युग में मांस भोजन का एक महत्वपूर्ण अंग बन गया है। मांस पूर्ण आहार है जो कि गुणकारी होने के साथ–साथ स्वादिष्ट और सुपाच्य भी है। मांस शरीर रचना के लिए जरूरी प्रोटीन का उत्तम स्रोत है। मांस से शरीर के लिए आवश्यक वसा, खनिज लवण तथा विटामिन की पूर्ति भी होती है। मानव आहार में मांस की पूर्ति मुख्यतः गाय, भैंस, भेड़, बकरी, सूअर, मुर्गी तथा मछली इत्यादि जानवरों से होती है। विशेषज्ञों का अनुमान है कि संसार में 1990 में जहां 17.54 करोड़ मीट्रिक टन मांस का उत्पादन हुआ वहां 1991 में यह उत्पादन 1.4 प्रतिशत की दर से बढ़ कर 17.76 करोड़ टन हो गया। दुनिया में मांस का उत्पादन सारणी 7.1 में दर्शाया गया है।

सारणी 7.1 दुनिया में मांस का उत्पादन (करोड़ मीट्रिक टन इकाई में)

	1989	1990	1991	1993
सारी दुनिया में	17.08	17.52	17.76	18.62
गाय या भैंस से	5.21	5.28	5.30	5.27
भेड़ तथा बकरी से	0.91	0.93	0.93	0.98
सूअर से	0.76	6.95	7.04	7.39
मुर्गी से	3.82	3.98	4.10	4.19
अन्य से	0.38	0.38	0.38	0.78

स्रोत : विश्व खाद्य एवं कृषि संगठन

उक्त सारणी से यह स्पष्ट हो जाता है कि सूअर के बाद गाय तथा भैंस का मांस सबसे अधिक उत्पादित होता है। यद्यपि अकेले भैंस में मांस का उत्पादन ज्यादा नहीं है, फिर भी भैंस मांस का एक उत्तम स्रोत है तथा मांस का उत्तम स्रोत बनने के इसमें सभी गुण हैं। दुनिया में केवल मांस के लिए भैंस पालकों की संख्या में वृद्धि हो रही है। भैंस का मांस गाय के मांस की तरह ही होता है। भारत जैसे देश जहां पर गाय का मांस खाने की मनाही है भैंस का मांस एक उत्तम पर्याय हो सकता है। दलदलीय प्रजाति की भैंसें सदियों से बोझा ढोने के लिए प्रयुक्त होती रही है, इसलिए उसमें असाधारण रूप से मांसपेशियों का विकास पाया जाता है। पिछले कुछ समय में जबकि भैंस का इस्तेमाल बोझा ढोने तथा कृषि कार्यों में कम होने लगा है, भैंस को केवल मांस प्राप्ति के लिए पालने की चर्चा जोर पकड़ रही हैं। पुराने समय में तथा आजकल भी ज्यादातर भैंस का मांस बूढ़े

जानवरों के वध से प्राप्त होता है जो कि काम करना अथवा दूध देने के लिए अशक्त हो जाती है। यही कारण है कि बाजार में बिकने वाला भैंस का मांस घटिया किस्म का होता है परन्तु भैंस को उचित भोजन दिया जाये तथा उत्तम देखभाल का प्रबन्ध किया जाये तो भैंस से भी नर्म तथा खाने में स्वादिष्ट मांस का उत्पादन किया जा सकता है। विश्व खाद्य एवं कृषि संगठन के आंकड़ों से यह पता लगता है कि दुनिया में 1993 में 25 लाख मीट्रिक टन मांस भैंस से प्राप्त हुआ जबकि इसी साल में गाय से 5.02 करोड़ मीट्रिक टन मांस की प्राप्ति हुई। इससे स्पष्ट है कि भैंस से गाय के मुकाबले केवल 5 प्रतिशत मांस विश्व में पैदा होता है। परन्तु विकासशील देशों में यह अनुपात 46 प्रतिशत का अनुमान है। ऐसा इसलिए है कि विश्व की ज्यादातर भैंसें विकासशील देशों में पायी जाती हैं। भैंसों को गाय की तुलना में मांस प्राप्ति के लिए उपेक्षित किया गया है। अनुमान है कि भैंसों की मांस प्राप्ति के लिए बध की दर 5.6 प्रतिशत प्रति 100 जानवर है कि जबकि यह दर गायों में 18.4 प्रतिशत है। भारत में भैंसों में बध की दर 3.45 प्रतिशत है। (इंडिया–ए रेफरैन्स ऐन्युअल 1993) स्पष्ट है कि भैंसों का मांस उत्पादन के लिए पर्याप्त इस्तेमाल नहीं हो रहा है। भारत में 1992-93 में 23 लाख टन मांस का उत्पादन हुआ जो प्रति व्यक्ति 4.46 किं. ग्रा. प्रति साल की खपत के बराबर है। भारत में विभिन्न जानवरों से प्राप्त मांस का अनुपात इस प्रकार है:–

भैंस	20 प्रतिशत
भेड़ तथा बकरी	54 प्रतिशत
मुर्गी	13 प्रतिशत
सूअर	7 प्रतिशत

भारत तथा पाकिस्तान से भैंस का मांस अरब देशों तथा मलेशिया को निर्यात किया जाता है। इसी प्रकार थाईलैंड तथा आस्ट्रेलिया भी भैंस का मांस हांगकांग को निर्यात करते हैं। भैंस मांस की निर्यात के लिए मांग बहुत अधिक है जिसका अंदाजा इस बात से लगाया जा सकता है कि थाईलैंड में पिछले 20 सालों से भैंसों की संख्या 70 लाख से घट कर 57 लाख रह गई, जबकि इसी दौरान वहां की जनसंख्या दुगुनी से भी ज्यादा हो गयी है। दुनिया में भैंस से मांस उत्पादन सारणी 7.2 में दिया गया है। आस्ट्रेलिया जहां पर भैंसें सिर्फ 100 साल पहले गई थी, भैंस के मांस का निर्यात कर रहा है तथा विदेशी मुद्रा अर्जित करता है।

भारत में भैंस का महत्व

भैंस के मांस को अलग–अलग नामों से पुकारा जाता है। जैसे बुफैलो बीफ, काराबीफ, बफन। भैंस के बछड़ों से प्राप्त मांस को बुफैलो वील ब्रायलर (Buffalo Broiler) या बुफैलो (Buffalo veal) भी कहा जाता है। भारत में मांस के निर्यात से प्रतिवर्ष करोड़ों रूपये की विदेशी मुद्रा प्राप्त होती है। अधिकतर मांस का निर्यात भैंस के मांस का किया जाता है। भारत में वर्ष 1993 तक 3600 वधशालायें थी। इन वधशालाओं में 394 लाख

सारणी 7.2. भैंस से मांस उत्पादन (विश्व खाद्य एवं स्वास्थ्य संगठन 1990)

देश	संख्या (दस लाख)	भैंस की वध संख्या (दस लाख)	वध करने की दर (प्रतिशत)	सालाना मांस का उत्पादन (मीट्रिक टन)
विश्व में	148.86	10.67	5.4	1560472
एशिया में	136.27	9.31	5.8	1270289
बंगलादेश	2.05	0.40	2.0	2900
मयानमार	1.01	0.12	6.0	21250
चीन	21.39	1.70	8.0	2850
भारत	75.00	2.36	3.0	324989
इण्डोनेशिया	3.46	0.19	5.0	40600
ईरान	0.23	0.07	28.0	9900
इराक	0.15	0.03	19.0	4250
कम्बोडिया	0.75	0.07	9.0	10560
लाउस -	1.08	0.15	13.0	31376
मलेशिया	0.22	0.03	15.0	5986
नेपाल	2.95	0.69	23.0	9200
पाकिस्तान	15.00	2.80	18.0	308000
फिलिपीन्स	2.76	0.28	10.0	52000

पशु प्रतिवर्ष वध किये जाते थे। भैंस का वध धार्मिक अनुष्ठानों में देवी देवताओं को प्रसन्न करने के लिए भी किया जाता है। वध के उपरान्त भैंस का मांस प्रसाद के रूप में वितरित किया जाता है। दशहरे के दिन काठमांडू में राजकीय प्रबन्ध में सैंकड़ों भैंसों की बलि दी जाती है।

मिस्र में भैंस मांस

अनुमान है कि मिस्र में 26 लाख भैंसें पाई जाती हैं। ऐसा रिवाज है कि वहां पर पैदा होने वाला हर नर बछड़ा 4-6 सप्ताह की आयु में अथवा 60-70 किलोग्राम शरीर भार पर वध कर दिया जाता है । इस प्रकार सालाना 5,50,000 नर कटड़ों का वध किया जाता है। मिस्र को अपनी आबादी की मांस की जरूरतों को पूरा करने के लिए प्रतिवर्ष 100,00 टन मांस का आयात करना पड़ता है। इस आयात पर काफी मुद्रा का व्यय होता है। मिस्र की सरकार ने एक राष्ट्रीय भैंस मांस परियोजना तैयार की है, जिसके तहत भैंसे को 450 किलोग्राम शरीर भार पहुंचने पर वध किया जा सकेगा। इस योजना के अनुसार किसानों को 40 किलोग्राम दुग्ध प्रतिस्थापक, 30 किलोग्राम काफ स्टार्टर तथा 90 किलोग्राम दाना मिश्रण सस्ते दामों पर उपलब्ध कराया जाता है। वर्ष 1985-86 में 1,50,000 जानवरों की गणना का इस योजना से लाभ हुआ।

ड्रैसिंग प्रतिशत अथवा खाने योग्य मांस प्राप्ति का प्रतिशत

अनुसंधानों से पता चला है कि भैंस का मांस प्राप्ति का प्रतिशत 55-60 है। यह प्रायः भैंस के स्वास्थ्य पर निर्भर करता है, साथ ही भैंस के वध पर भी निर्भर करता है। छोटे बच्चों में मांस हड्डियों की अपेक्षा कम होता है। गाय के मुकाबले मिस्र की भैंस के मांस में गुणों को सारणी 7.3 दिया गया है।

भैंस का वजन एक किलोग्राम प्रतिदिन तक बढ़ सकता है तथा आहार का मांस में परिवर्तन 5.5:1 से 6.5:1 तक हो सकता हैं

भैंस के मांस के गुण

भैंस के मांस में भी गाय के मांस की भांति वे सभी गुण पाये जाते हैं। प्रायः जो बातें ध्यान में रखी जाती है वह निम्नलिखित हैं :

सारणी 7.3. भैंस और गाय का मांस विश्लेषण

	भैंस	गाय
ड्रैसिंग प्रतिशत	59.0	62.2
ड्रैसिंग प्रतिशत खाली पेट	65.5	69.9
रिब आई एरिया (सेंमी.^{2})	68.4	81.9
पारंपक्वता मानक	1.65	1.44
मारवलिंग मानक अंक	2.30	3.76
गुण दर्जा	11.5	14.9
नमी प्रतिशत	76.0	72-75
प्रोटीन प्रतिशत	20.3	19-21
वसा प्रतिशत	1.6	2.2
खनिज लवण प्रतिशत	1.1	1.0
रंग	गहरा लाल	हल्का लाल

गाय तथा भैंस के मांस की पहचान

भारत में अधिकांश धर्म के लोगों के लिए गाय का मांस खाना वर्जित है तथा अनेक राज्यों में गाय के वध की मनाही है। परन्तु भैंस के मांस के लिए ऐसी कोई मनाही नहीं है तथा भैंस का मांस गाय के मांस की जगह खाया जाता है। कई बार कसाई गाय के मांस को भैंस का मांस कहकर बेच देते हैं। ठीक उसी प्रकार जैसे कि विश्व के कुछ भागों में भेड़ के मांस को बकरी का मांस कहकर बेचा जाता है। इस तरह की घटनाएं विश्व के अनेक भागों में पाई जाती है तथा इसका मुख्य उद्देश्य अधिक लाभ कमाना होता है। ऐसा वहां पर अधिक होता है जहा पर दो पशुओं के मांस के भाव में अन्तर अधिक हो।

सरकार की विभिन्न कानून तथा व्यवस्था बनाए रखने वाली सस्थाओं के लिए यह जानना जरूरी हो जाता है कि मांस का टुकड़ा किस पशु का है। अनेक बार अदालतों में

मांस के मिलावट के मुकदमे आ जाते हैं। मन्दिरों में फेंके गए मांस के टुकड़े अगर गाय के तथा मस्जिद में फैंके गये टुकड़े अगर सूअर के हों तो यह दंगों में परिवर्तित हो सकते हैं।

भारत सरकार द्वारा 1954 का फूड एडलट्रेशन कानून तथा 1956 में उत्तर प्रदेश प्रशासन द्वारा पारित गोवध को बंद करने वाले कानून से विभिन्न जातियों के मांस की पहचान कर पाना आवश्यक हो गया है। देखने से गाय और भैंस के मांस को अलग–अलग बता पाना काफी कठिन है। गाय तथा भैंस का मांस देखने में एक जैसे दिखाई देते हैं तथा उनका रंग तथा स्वाद भी एक जैसा होता है। इसलिए इनकी अलग–अलग पहचान में काफी कठिनाई हो जाती है। इस कार्य के लिए कई रासायनिक परीक्षण उपयोग में लाये गये हैं।

यह परीक्षण निम्नलिखित हैं :–

1. *अवक्षेपण परीक्षण* Precipitation test : सिंह तथा यादव (1962) ने इस परीक्षण का उपयोग किया तथा इसे उपयोगी पाया।
2. *जेल विसरण परीक्षण* Get diffusion test : पांडे (1964) तथा शुक्ल (1974) के अनुसार यह विधि भी काफी उपयोगी तथा सक्षम पाई गई।
3. *प्रतिरक्षी इलैक्ट्रोफोरेसिस परीक्षण* Immuno electrophoresis test : यह भी एक अच्छा परीक्षण माना जाता है।
4. *रासायनिक परीक्षण* : सिंह तथा यादव (1962) ने गाय तथा भैंस की वसा में केरोटीन नामक अवयव की जांच से एक परीक्षण स्थापित किया है। गाय के मांस अथवा दूध की वसा में जहां केरोटीन पाया गया है वहां यह भैंस की वसा में नहीं होता तथा विटामिन ए में परिवर्तित हो जाता है।
5. *मांस का रंग* :– भैंस का मांस गाढ़े लाल रंग का होता है और इसमें वसा की मात्रा अधिक होती है लेकिन गाय का मांस हल्के लाल रंग का होता है।

भैंस के मांस की गुणवत्ता

मांस की गुणवत्ता उसके भौतिक संरचना तथा रासायनिक गुणों पर निर्भर करती है। उसके देखने तथा खाने के लिए उपयुक्तता उसके इन्हीं गुणों पर निर्भर करती है।

मांस का नरम होना जानवर के वध के समय आयु पर निर्भर करता है। कम आयु के जानवरों का मांस खाने में नरम होता है तथा जैसे–जैसे आयु बढ़ती जाती है मांस अपेक्षाकृत कड़ा होता जाता है। मांस का नरम होना जानवरों के भोजन में प्रोटीन की मात्रा से प्रभावित नहीं होता। मासं की नरमी उसमें पाये जाने वाले संयोजी उत्तक (Connective tissue) की मात्रा से प्रभावित होती है। भैंस अधिक आयु पर वध की जाती है इसलिए उनका मांस कड़ा तथा गंध रहित होता है। ऐसा मांस खाने में अधिक स्वादिष्ट नहीं होता। परन्तु दो या तीन साल की भैंस का मांस गाय के मांस की तुलना में किसी प्रकार भी कम नहीं होता। समान आयु पर भैंस के मांस की संरचना, रासायनिक गुण, पोषकता तथा

ग्राह्यता (Palatability) गाय के मांस की तुलना के बराबर या अधिक होती है।

भैंस वध की तकनीक

भारत में पाये जाने वाली वधशालाओं में से कुछ ऐसी वधशालायें भी हैं जिनमें केवल भैंस का वध किया जाता है। लगभग सभी वधशालाओं में भैंस के वध के लिए हलाल तकनीक का इस्तेमाल किया जाता है। वध करने के प्रचलित तरीके से कुछ हद तक साफ सुथरा तथा स्वच्छ मांस प्राप्त किया जा सकता है। भैंस की खाल मांस के लिए एक साफ सुथरे बिछौने का काम करती है। भैंस से अतंराग (viscera) निकालने की प्रक्रिया भी साफ सुथरे तथा वैज्ञानिक ढंग से की जाती है। परन्तु वध करने के उपरान्त मांस के गंदा होने की संभावना काफी अधिक होती है क्योंकि अधिकतर वधशालाओं में सफाई व्यवस्था या तो नहीं के बराबर है या बहुत ही घटिया है। वध करने के लिए इस्तेमाल यंत्र भी साफ सुथरे नहीं होते तथा अपर्याप्त होते हैं जिससे कि मांस के दूषित अथवा गन्दा होने की संभावना बनी रहती है। वध करने वाले व्यक्ति अपने कपड़ों की सफाई पर उचित ध्यान नहीं देते तथा यह भी मांस के गंदा होने का एक कारण है। वधशालाओं से मांस को रिक्शा, तांगे, साइकिलों इत्यादि से दुकानों तक ले जाया जाता है। इस समय मांस को बोरियों अथवा गन्दे कपड़ों से ढक कर ले जाया जाता है, ताकि रास्ते में कौए तथा कुत्ते उस पर हमला न बोल दें। इस प्रकार दुकान तक पहुंचते–पहुंचते मांस, गोबर, मिट्टी इत्यादि से काफी गन्दा हो जाता हैं। बेचने वाले सब गन्दगी को धोकर अथवा खुरच कर साफ कर देते हैं जिससे खरीदने वाले को मांस की स्वच्छता के बारे में एक झूठी तसल्ली मिल जाती है परन्तु वास्तव में मांस स्वच्छ नहीं होता।

भैंस वध से प्राप्त मांस

भैंस की सभी नस्लें जिसमें दूध देने वाली नस्लें भी शामिल हैं, कारकस ट्रेटस गौ पशु के समान होती हैं। यद्यपि भैंस की खाल तथा भैंस का सिर गौ पशु के मुकाबले भारी होता है फिर भी उनसे प्राप्त मांस गौ पशुओं के बराबर ही होता है। भैंस के वध से प्राप्त मांस कई बातों पर निर्भर करता है जैसे नस्ल, आयु, स्वास्थ्य तथा भैंस का नर या मादा होना। भैंस से प्राप्त मांस की दर में काफी भिन्नता पायी जाती है जहां यह वयस्क पशु में जो कि ज्यादा मोटे ताजे नहीं होते 40 प्रतिशत तक होती है, वहीं यह दर अठारह महीने के मोटे ताजे कटड़ों में 60 प्रतिशत तक पायी जाती है। आस्ट्रेलिया में दलदलीय प्रजाति नस्ल की भैंसों के अध्ययन में यह दर 53 प्रतिशत पायी गयी। ब्राजील में किये गये अध्ययनों से उष्ण कटिबन्धी भैंसें तथा देसी गाय से पशु मांस की प्राप्ति लगभग 55.5 तथा 55.6 प्रतिशत पायी गयी। जिससे यह सिद्ध होता है कि भैंस तथा गौ पशु मांस की प्राप्ति के लिए बराबर लाभकारी हैं। कुछ विद्वानों के अनुसार गाय से प्राप्त मांस की मात्रा भैंस से प्राप्त मांस के करीब 3 प्रतिशत ज्यादा होती है तथा यह अन्तर शायद भैंस की चमड़ी के अधिक भार के कारण पाया गया।

भैंस मांस से बनाये जाने वाले व्यंजन

विभिन्न जाति एवं धर्म के लोग अपने–अपने प्रकार से मास पकाकर खाते हैं तथा उनके स्वादों की पंसद में भिन्नता पायी जाती है। इसलिए विभिन्न प्रान्तों में भैंस से अलग–अलग व्यंजन बनाये जाते हैं। हमारे देश में कश्मीर घाटी और मुस्लिम समाज में भैंस मांस व्यंजन बनाये जाते हैं। हमारे देश में कश्मीर घाटी और मुस्लिम समाज में बनाये जाने वाले भैंस मांस व्यंजन जैसे कि मोस्तावा, रिस्ता तथा नतेयग्नि विश्व विख्यात हैं। भैंस मांस से बनने वाले कुछ मशहूर व्यंजन नीचे दिये गये हैं।

कबाब

कबाब को सीक कबाब भी कहा जाता है तथा बकरी अथवा भैंस के मांस से बनाये जाने वाला एक ऐसा व्यंजन है जो तुरन्त खाने के लिए परोसा जा सकता है। इसलिए बड़े–बड़े शहरों तथा सड़क के किनारे दुकानों में केवल कुछ दुकानें भैंस के कबाब बनाने तथा बेचने के लिए प्रसिद्ध हैं। कबाब बनाने के लिए भैंस का कीमा बना हुआ मांस नमक मिर्च मसाले को मिला कर हाथ से एक लम्बा अण्डाकार आकार दिया जाता है जो कि एक लोहे की सलाख को चारों तरफ लिपटा दिया जाता है। उस मांस को दो या तीन मिनट तक कोयले की भट्टी में ग्रिल किया जाता है। कबाब को नान तथा सलाद के साथ खाया जाता है।

कोफ्ता तथा टिक्की

कोफ्ते तथा टिक्की बनाने के लिए पहले मांस का कीमा बनाया जाता है। इस कीमें तथा चने के आटे को 4:1 के अनुपात में मिलाया जाता है तथा इस मिश्रण को भून लिया जाता है। इसमें मसाले मिलाने के पश्चात इस मिश्रण के गोले बना लिये जाते हैं तथा घी में तले जाते हैं। इसके अलावा भैंस के बट, पया, भेजा, भैंस की करी तथा कोन्डीवीक भी बनाया जाता है।

भैंस वध से प्राप्त उपोत्पादों का प्रयोग

भारत में मांस के निर्यात से प्रतिवर्ष करोडों रुपये की विदेशी मुद्रा प्राप्त होती है। भारतीय वधशालायें और बूचड़खानों में संगठित और स्वास्थ्यकर सुविधाओं की कमी है। इसलिए वहा से कच्चे उपोत्पादों और पशु ग्रन्थियों को इकट्ठा करने तथा उनसे उत्तम जैव रासयान तथा औषधियां बनाने के काम में बड़ी अड़चनें आती हैं। इसी के फलस्वरूप इस उद्योग का विकास बड़ी धीमी गति से हो रहा है।

पशु ग्रन्थियो से प्राप्त हार्मोन्स जीवनदायी औषधियों के रूप में अत्यन्त महत्वपूर्ण हैं। इन हार्मोन्स को रासायनिक संश्लेषण द्वारा प्राप्त नही किया जा सकता। इसलिए यह आवश्यक हो जाता है कि बूचड़ खानों से भैंस उपोत्पादों को इकट्ठा करें और इनसे मूल्यवान औषधियां तैयार की जाये।

सारणी 7.4. भैंस के मांस की मात्रा एवं गुणवत्ता

वध के समय पशु का वजन (कि.ग्रा.)	मांस का वजन (कि.ग्रा.)	(ड्रैसिंग) (प्रतिशत)	मांस (प्रतिशत)	वसा (प्रतिशत)	हड्डिया (प्रतिशत)	संदर्भ
161	83	51.4	66.8	9.7	23.5	शर्मा तथा साथी (1985)
258	139	53.9	67.5	12.7	19.8	अन्जानेल्यु तथा साथी (1985)
356	193	62.8	66.7	12.9	19.7	अल-आशहरी तथा साथी (1985)
446	239	53.6	69.0	13.1	17.9	अल-आशहरी तथा साथी (1985)
260	141	55.5	67.0	12.0	18.0	चार्ल्स तथा जोहनसन (1972)
300	151	51.0	70.0	6.0	19.0	चार्ल्स तथा जोहनसन (1972)
480	277	59.7	66.0	17.0	14.0	चार्ल्स तथा जोहनसन (1972)

पशुओं में मांस, हड्डी और चमड़े को छोड़कर लगभग 25 प्रतिशत अन्य पदार्थ होते हैं। प्रतिवर्ष लगभग एक करोड़ से अधिक भैंसें काटी जाती हैं तथा भविष्य में यह संख्या और भी बढ़ने की उम्मीद है। इससे भैंस उपोत्पादों की क्षमता और महत्व का अंदाजा लगाया जा सकता है। भैंस के उपोत्पादों से प्राप्त महत्वपूर्ण औषधियां एवं जैव रसायन सारणी 7.5 में दिये गये हैं।

1. रक्त : रक्त में काफी मात्रा में प्रोटीन पाया जाता है। भैंसों के वध से औसतन दस से 15 कि. ग्रा. रक्त प्राप्त होता है इस रक्त को ठीक तरह से संग्रह व संरक्षण करके उससे औषधियां और जैव रसायन बनाये जाते हैं। रक्त से प्राप्त प्लाज्मा से व्यावसायिक पैमाने पर फिब्रीनचूर्ण तैयार किया जाता है। फिब्रीन चूर्ण का प्रयोग शल्य चिकित्सा में विलम्बित स्कंदन के रक्त स्राव के रोकने में किया जाता है।

सारणी 7.5. भैंस के उपोत्पादों से प्राप्त औषधियां और जैव रसायन

उपोत्पाद	औषधियां जैव रसायन
रक्त	प्लाज्मा, सीरम, एल्ब्यूमिन, रक्तचूर्ण, हीमेटोनिक्स
फिब्रीन	पेप्टीन, फिब्रीन कोम, फिब्रीन चूर्ण, जैव फ्लास्ट।
अग्नाशय	इन्सुलिन, ग्लूकोगोन, पेनक्रियेटीन, ट्रिप्सिन तथा कोइनोट्रिप्सिन।
फेफड़ा और आंत्र	हिपेरिन
श्लेष्मा	
यकृत	यकृत निष्कर्ष
अवटूग्रन्थि (थाइराइड)	थाइरोक्सिन
पीयूष ग्रन्थि (पिट्टयूटरी)	
क) अग्रभाग	एफ.एस.एच., प्रोलैक्टिन, टी.सी.एच., जी.एच.
ख) पश्च भाग	औक्सीटोसिन, वेसोप्रेसिन
अधिवृक्क (किडनी)	एड्रीनेलीन
अण्डकोष	हाइलूरोनिडेस
पित्ताशय	पित्त, पित्त लवण
रीड रज्जु	कोलेस्ट्रोल, लेसीथिन
हड्डियां	जिलेटिन, अस्थि संरचना, विकास प्रोटीन

2. अग्नाशय : अग्नाशय की बीटा कोशिका से इन्सुलिन प्राप्त की जाती है। भैंसों के प्रति कि. ग्रा. अग्नाशय दर 326 मि. ली. इन्सुलिन क्रिस्टिल प्राप्त होता है।
3. यकृत : रक्ताल्पता में जलीय तथा प्रोटीन रहित यकृत निष्कर्ष का प्रयोग होता है। बड़े–बड़े शहरों से कसाई खानों से प्राप्त यकृत से देश के लिए आवश्यक यकृत निष्कर्ष की आपूर्ति हो सकती है।

अवटू ग्रन्थि से थाइरोक्सिन स्रावित होता है। इस ग्रन्थि में 0.17 से 0.23 प्रतिशत

आयोडिन होता है। ग्रन्थि से थाइरोक्सिन की उपलब्धि 0.125 प्रतिशत होती है। इसका उपयोग मिक्सिडीना, क्रटिनता (अवटुवामनता), मासिक धर्म विकार, बंध्यता, गर्भपात, चर्म सोरियासिस और चर्म संदूषण में किया जाता है। मस्तिष्क के आधार पर छोटी सी पीयूस ग्रन्थि होती है। भैंसों में इसका भार 1-1.5 ग्राम होता है। पूरक उत्प्रेरक हार्मोन (FSH) और लूटीनकारी हार्मोन का प्रयोग भूण प्रतिरोपण तकनीक में बहुधा किया जाता है। पीयूष ग्रन्थियों से प्राप्त हार्मोन का बड़ा महत्व है और इसके विविध उपयोग हैं।

अधिवृक्क ग्रन्थियों से भैंसे में 1.83 और भैंस में 1.81 प्रतिशत एड्रीनेलीन होता हैं जल या अम्लीकृत एल्कोहल से ग्रन्थि को निष्कर्षित करके नाइट्रोजन या कार्बन डाईआक्साइड के वातावरण में एड्रीनेलीन प्राप्त कर लिया जाता है। इसका प्रयोग मुख्यतः दमा रोग में किया जाता है। भैंस के पेट के अस्तर से प्रोटीनलदी एन्जाइम पेप्सीन (7-8ग्रा./200 ग्रा.) प्राप्त की जाती है। इसका प्रयोग पाचनविकार और मदिरालयों में किया जाता है। अण्डकोष से हाइलरोनिडेस निष्काषित किया जाता है। इसका प्रयोग औषधियों और संवेदनहारी में विसरणकारी कारक के रूप में किया जाता है।

पित्ताशय में कड़वे स्वाद का स्वर्ण रहित श्यान द्रव होता है। जिसमें पित्त और पित्त लवण होते हैं। एक भैंस से 7-10 ग्राम पित्त प्राप्त होता है। मनुष्यों की निस्रवर्ण न्यूनता में इमका प्रयोग किया जा सकता है। पित्त के कालिक अम्ल से कोर्टिसन बनाये जा सकते है। हृदय से साइटोक्रोम प्राप्त किया जा सकता है। इसका उपयोग रोग निदान में औषधि के रूप में तथा जैव रसायनिक अनुसंधानों में किया जाता है।

रीढ़ रज्जु और मस्तिष्क कोलेस्टेरॉल के अच्छे स्रोत हैं। भैंस के मेरू रज्जु में 7 प्रतिशत कोलेस्ट्रोल होता है। इसका उपयोग श्रृंगार प्रसाधनों में और स्टेरोन बनाने में होता है। हड्डियों से जिलेटीन और अस्थि संरचनात्मक प्रोटीन प्राप्त की जा सकती है। वसा रहित अस्थियों से 7-8 प्रतिशत जिलेटीन प्राप्त होती है। जिलेटीन का प्रयोग केप्सूल बनाने, गोलियों के बंधक और रक्त दान में प्लाज्मा विस्तारक के रूप में होता है।

पशुओं के खुरों से द्विषक पाद तेल निष्काषित किया जाता है। इसका प्रयोग मरहमों के आधार पदार्थ के रूप में तथा इन्जेक्शन में सह औषधि के रूप में किया जाता है। भैंस के खुरों में 7-9 प्रतिशत तेल प्राप्त होता है।

देश में उपलब्ध सूचनाओं के आधार पर यदि कार्य किया जाये तो भारत के उपोत्पाद उद्योग का काफी विकास किया जा सकता है और मांस उद्योग से अच्छा धन प्राप्त किया जा सकता है।

अध्याय 8

भैंस के मुख्य रोग

भैंसों से अधिक दूध उत्पादन और अधिक कार्य करने की क्षमता के लिए यह अति आवश्यक है कि उनका स्वास्थ्य अच्छा रहे। अच्छे स्वास्थ्य के लिए भैंसों को अच्छा संतुलित भोजन समय पर उत्पादन के अनुसार मिलता रहे तथा भैंसों को रोगों से मुक्त रखा जाये।

दूसरे पालतू पशुओं के मुकाबले में भैंस अपेक्षाकृत निरोगी जानवर है। यह बात खास तौर से चौंकाने वाली है । चूंकि भैंस गर्म तथा नमी वाली जलवायु में पायी जाती है तथा वे सभी बीमारियां जो गाय में पायी जाती हैं भैंस में भी प्रायः पाई गई हैं। यद्यपि कारण ज्ञात नहीं मगर यह मानना सही है कि भैंस तथा भैंस से प्राप्त उत्पादन में रोगों का गाय के मुकाबले कम प्रभाव देखा गया है।

भैंस की विभिन्न अवस्थाओं में खासकर एक मास की आयु तक के कटड़े तथा कटड़ियां सबसे अधिक रोग से प्रभावित होती हैं तथा अक्सर मर भी जाती हैं। नवजात कटड़े और कटड़ियां अनेक प्रकार के जीवाणु, विषाणु तथा कुपोषण के शिकार हो जाते हैं। इसका मुख्य कारण जन्म के दो महीने तक कटड़े और कटड़ियां का रख रखाव सही न होना है। उदाहरण के तौर पर गांव में किसान दूध को बेच देते हैं जिसके अभाव में नवजात पशु कुपोषण के शिकार-होकर अनेक रोगों से ग्रस्त हो जाते हैं।

अल–गहरी तथा साथियों ने (1991) में भैंस के कटड़े कटड़ियों की मृत्यु दर का अनुमान लगाया। उन्होंने मिस्र में दो साल तक 1032 नवजात भैंस के बच्चों का अध्ययन किया। उनके अनुसार अच्छा प्रबन्ध न होना ही भैंस के बच्चे की अधिक मृत्यु दर का मुख्य कारण था। उस फार्म में मृत्युदर पहले साल 23.7 प्रतिशत तथा दूसरे साल 5.7 प्रतिशत रही। दूसरे साल में घटी मृत्युदर मुख्यतः पशु रख रखाव के तौर तरीकों में सुधार के कारण रही। मुख्य रोग जिनके कारण मृत्य हुई और सारणी 8.1 में दिये गये हैं:

सारणी 8.1. भैंस कटड़े और कटड़ियों में मृत्युदर के कारण, अल–गहरी तथा साथी (1991)

	पहले साल	दूसरे साल
अतिसार	29.2 प्रतिशत	32.6 प्रतिशत
निमोनिया	13.4 प्रतिशत	11.6 प्रतिशत
ओम फेलिटिस	1.4 प्रतिशत	1 प्रतिशत
आंख के रोग	2.3 प्रतिशत	2.9 प्रतिशत
परजीवी	17.9 प्रतिशत	8.9 प्रतिशत

उपरोक्त सारणी के अनुसार नवजात शिशुओं में अतिसार तथा निमोनिया मुख्य रूप से प्रभावित करते हैं तथा पेट के कृमि भी काफी घातक हो सकते हैं। इसलिए इन रोगों की रोकथाम अति आवश्यक है तथा इनका इलाज करना आवश्यक हो जाता है।

मुंह व खुर रोग

मुंह व खुर रोग भैंसों का एक मुख्य संक्रामक तथा घातक रोग हैं। इस रोग से पीड़ित भैंस एक माह तक कार्य नहीं कर सकती और उसके दूध देने की क्षमता में गिरावट आ जाती है। भारत में यह रोग स्थानिक है। तथा इस रोग से प्रति वर्ष करोड़ों रूपये की हानि होती है।

मुंह व खुर रोग का विषाणु अन्य विषाणुओं में सबसे छोटा होता है तथा कई रूपों में पाया जाता है। इसके मुख्य प्रकार हैं। ओ. ए. सी. एशिया 1, सैट 1, सैट 2 और सैट 3 पहले चार प्रकार ओ. ए. सी. तथा 1, एशिया में भारत सहित अन्य देशों में पाये जाते हैं जबकि अन्य तीन प्रकार अफ्रीका व यूरोप महाद्वीप में देखे गये हैं। ये अलग–अलग प्रकार के विषाणु की तरह व्यवहार करते हैं अर्थात् एक प्रकार के विषाणु से रोग ठीक हो जाने पर भी दूसरे विषाणु से रोग थोड़े समय के अन्तर पर हो सकता है। इस विषाणु के इन प्रकारों के कई उप प्रकार भी पाये गये हैं।

इस रोग से अस्वस्थता प्रातः 5 से 50 प्रतिशत के बीच पायी जाती हैं परन्तु यह दर इस बात पर निर्भर करती है कि भैंस को मुंह व खुर रोग का टीका लगा है नहीं।

रोग का विषाणु शरीर के अन्दर श्वास नली द्वारा प्रवेश करता है। कभी–कभी पशु आहार के साथ भी यह शरीर में प्रवेश करता है।

भैंस में विषाणु का शरीर में प्रवेश करने के 3–7 दिन के अन्दर ही रोग के लक्षण प्रतीत होते हैं। मुंह व खुर के रोग का प्रथम लक्षण भैंस को तेज बुखार आता है और पशु सुस्त हो जाता है। थोड़े समय पश्चात् (2 या 3 दिन) के अन्दर पशु मुंह से लार टपकना आरम्भ हो जाता है जो कि लगातार चलता रहता है। इसके साथ–साथ मुंह के अन्य भागों अर्थात् मसूढ़ों, होंठ, जीभ की ऊपरी सतह पर पानी वाले फफोले बनने आरम्भ हो जाते हैं। छाले फूटने के पश्चात् पशु मुह मारना आरम्भ कर देता है। दो से तीन दिन के अन्दर छाले ठीक होने पर पशु अन्य पशुओं के साथ उठने बैठने की कोशिश करता है।

इस रोग के अन्य लक्षण पैरों पर होते हैं। पैरों पर लक्षण या तो मुंह के लक्षणों के साथ–साथ या कुछ समय पश्चात् प्रतीत होते हैं। फफोले खुरों पर एड़ी या खुरों के बीच की खाली जगह पर होते हैं। कुछ समय पश्चात् यह फफोले अपने आप फूट जाते हैं या उनके स्थान पर लाल–लाल क्षेत्र रह जाते हैं। खुरों पर हुए फफोले मिट्टी, कांटों व घास के सम्पर्क में आने से जल्दी ही फूट जाते हैं।

जिस भैंस में खुरों की बीमारी होती है उसको ठीक होने में तीन चार सप्ताह का समय लग जाता है । अगर इस समय पशु की देख भाल न की गई तो खुरों में कीड़े पड़ने की संभावना रहती है।

मुंह व खुर के अतिरिक्त फफोले भैंस के थनों पर भी पाये जाते हैं। बड़े पशुओं के मुंह व खुर के रोग से मृत्यु दर लगभग न के बराबर होती है, लेकिन बछड़े बछड़ियों में काफी है।

निदान अथवा उपचार

चूंकि मुंह व खुर का रोग विषाणु रोग है अतः इसके लिए कोई विशेष दवा या एंटीबायोटिक नहीं है जो कि इस विषाणु पर असर कर सके, लेकिन सहायक उपचार उपलब्ध है। मुंह को बोरिक एसिड व फिटकरी के घोल से दिन में 3-4 बार धोना चाहिए। खुरों के लिए फिनाइल का घोल पैरों पर डालना चाहिए। अगर कीड़े पड़ गये हों तो उन्हें निकालना चाहिए। थनों के घाव को पोटेशियम परमेगनेट के घोल से साफ करें तथा घाव पर कोई भी एण्टीसैप्टिक क्रीम लगायें। इसके साथ-साथ रोगी पशु को एंटीबायोटिक का टीका व लवण मिक्सचर भी देना चाहिए।

रोग से बचाने के लिए स्वस्थ पशुओं को अधिक से अधिक संख्या में टीका लगवाना चाहिए। भारत में मुंह, खुर रोग के टीके निम्नलिखित संस्थानों द्वारा बनाये जाते हैं:

1. भारतीय पशु चिकित्सा अनुसंधान संस्थान, बंगलौर।
2. हैक्स्ट फार्माक्युटिकल्स, मुम्बई।
3. भारतीय एग्रो – इंण्डस्ट्रीज / फाऊंडेशन, पुणे।
4. भारतीय डेरी विकास बोर्ड / इंडियन इम्युनोलाजिक्लस, हैदराबाद।

जीवाणु जनित रोग

एन्थरैक्स (anthrax) इस रोग में पशु की मृत्यु हो जाती है तथा नाक, मुंह, गुदा तथा अन्य प्राकृतिक छिद्रों से खून बहने लगता है। भैंसें इस रोग से ज्यादा पीड़ित होती हैं जबकि गो पशु कम पीड़ित होते है।

यह रोग *बेसीलस एन्थ्रेसिस* नामक जीवाणु से होता है। यह जीवाणु मिट्टी तथा वायु में खुले तौर पर पाया जाता है। जिसके बीजाणु इतने खतरनाक होते हैं कि अधिकतम ताप से भी नष्ट नहीं होते। यह अचानक उभरने वाला खतरनाक रोग है जिससे पशु की अचानक मृत्यु हो जाती है इस रोग के कारण प्राकृतिक छिद्रों से गाढ़े काले रंग का खून बाहर निकलने लगता है। यह रोग संसार के सभी भागों में पाया जाता है।

मिट्टी खाने का रोग (पी. आई. सी. ए.)

भैंसों में मिट्टी खाने का रोग एक महत्वपूर्ण व आम रोग है। इस रोग से पशु की दूध उत्पादन क्षमता, भार ढोने की क्षमता व बिक्री मूल्य घट जाता है। पशु में संतान उत्पन्न करने की क्षमता घट जाती है। कमजोरी के कारण पशु अन्य बीमारियों का शिकार जल्दी हो जाता है। इस बीमारी के कई कारण हो सकते है जैसे पेट व दांतों में कीड़ों का होना, पशु को पूर्ण व पौष्टिक खुराक न मिलना, आहार में कैल्शियम, फास्फोरस आदि की कमी

होना इत्यादि है। लगातार कमजोर होता पशु मर भी जाता है। पशु को पौष्टिक चारा तथा लवण मिश्रण खिलाने से उपचार संभव हैं। बचाव के लिए पशु को साफ पानी पिलायें, समय–समय पर पेट के कीड़ों की दवाई दें तथा साफ चारा खिलायें।

क्षय रोग (Tuberculosis)

भैंस भी अन्य पशुओं तथा मनुष्य की तरह ही क्षय रोग से पीड़ित होती है। यह रोग गाय की अपेक्षा भैंस में अधिक पाया जाता है। भारत में यह रोग 5 से 10 प्रतिशत भैंसों में पाया जाता है।

इस रोग के लक्षण हैं : इस बीमारी की वजह से पशु कमजोर होने लगता है साथ ही उसका वजन भी घटने लगता है। इस बीमारी का फेफड़ों से संबंध होने के कारण पशु को लगातार खांसी होती है। फेफड़ों में बहुधा विक्षतियाँ (lesions) विकसित हो जाती है, साथ ही यह विकार लगभग सभी अंगों में हो सकता है। रोग बढ़ जाने की दशा में पशु की मृत्यु हो सकती है। पशुओं में बाह्य लक्षण प्रायः तब तक दृष्टिगोचर नहीं होते जब तक कि भीतरी विक्षतियां नहीं हो जातीं ।

बीमार पशु रोग को फैलाने में मुख्य रूप से सहायक होता है। बीमारी के जीवाणु हवा, थूक, मल, दूध तथा पेशाब के द्वारा बाहर आते हैं। यह जीवाणु पीने के पानी के द्वारा भी दूसरे पशु में पहुंच जाते हैं तथा 18 दिन तक जीवित रहते हैं। बछड़े और बछड़ियों में यह रोग बीमार भैंस का दूध पीने से आ जाता है। भैंसों में यह रोग मुख्यतः *माइकोबेक्टीरियम* बोवीस *(Mycobacterium bovis)* के कारण होता है। यह एक लम्बा, अण्डाकार जीवाणु है तथा छोटे–छोटे समूह में पाया जाता है। ये जीवाणु गर्मी और धूप की रोशनी से आसानी से मर जाते है। इस रोग की जांच थूक, दूध और गोबर के परीक्षण द्वारा अथवा ट्यूबरकुलीन परीक्षण द्वारा की जा सकती है। पशु में इस रोग का इलाज बहुत महत्वपूर्ण नहीं है क्योंकि उपचार बहुत महंगा है और पशु इतनी लम्बी अवधि के बाद भी ठीक हो जाये तो आर्थिक स्थिति से उसका कोई लाभ नहीं है। बीमार पशुओं को स्वस्थ पशुओं से लगभग अलग रखना चाहिए। स्वच्छता तथा हवा आदि का पूर्ण प्रबन्ध होना चाहिए।

आथ्रोपोडा या सन्छिपाद प्राणियों द्वारा उत्पन्न बीमारी

विभिन्न किस्म के सन्धिपाद प्राणियों में रोग फैलाने, खून चूसने तथा काटने इत्यादि से पशु को हानि पहुंचाने की क्षमता होती है। मुख्य सन्धिपाद निम्न हैं।

1. मक्खी तथा मच्छर
2. किलनी तथा माइट्स

सूखे के दिनों में जब भैंसों को पानी में बैठने का अवसर नहीं मिलता तो भैंस की त्वचा विशेष रूप से सकिकोटिकमैंगे से प्रभावित हो जाती है। यह बीमारी एशिया तथा सुदूर पूर्व के देशों में सूखे के मौसम में भीषण रूप धारण कर लेती है। इस रोग के मुख्य लक्षण शुरू–शुरू में शरीर के उन भागों में दिखाई देते हैं जहां की त्वचा पतली हो जाती है। जैसे कि गर्दन तथा पेट पर। शुरू में छोटे–छोटे दाने निकलते हैं जो बाद में खुंड बन

जाते हैं तथा कुछ जानवरों में त्वचा मोटी तथा सिकुड़ी हुई सी हो जाती है। पशु के शरीर में रक्त की कमी हो जाती है। खासतौर से छोटे पशु मर भी जाते हैं। इस रोग के नियंत्रण के लिए कीटनाशी रसायनों के घोल का पशुओं के ऊपर छिड़काव करना चाहिए। पशुशालाओं में डी.डी.टी. या बी. एच. सी. का छिड़काव करना चाहिए।

भैंस के परजीवी रोग

भैंस के छोट बच्चों में मृत्युदर अत्यधिक होती है। इस अत्यधिक मृत्युदर के कई कारण हैं। जिनमें निमोनिया,साल्मोनेलेसिस तथा परजीवी रोग मुख्य हैं। ऐसा समझा जाता है कि गाय और भैंस में एक जैसे परजीवी रोग पाये जाते हैं किन्तु कई बार ऐसा नहीं होता। कुछ ऐसे परजीवी रोग हैं जो केवल भैंसों में ही पाये जाते हैं। उदाहरण के तौर पर भैंसों में पाये जाने वाले मुख्य परजीवी रोग हैं।

1. काक्सीडियोसिस
2. फेशियोलियोसिस
3. मैंगी

भैंसों के पानी, जोहड़ तथा तालाब इत्यादि में बैठने की आदत के कारण इनमें घोघा से प्रसारित होने वाले परजीवी रोग अधिक पाये जाते हैं। भैंस की आंतों में पाये जाने वाले कीड़े जैसे कि फीताकृमि, गोलकृमि तथा अन्य के कारण पशु के स्वास्थ्य एवं उत्पादन पर प्रभाव पड़ता है तथा मृत्युदर भी बढ़ जाती है। शरीर से बाहर पाये जाने वाले परजीवी भी भैंसों की उत्पादन क्षमता में गतिरोधक लाने के लिए उतने ही उत्तरदायी हैं। भैंस के कुछ परजीवी रोग निम्न हैं :

फेशियोलियोसिस : यह भैंसों का एक महत्वपूर्ण तथा भयानक रोग है जो कि भैंस के जिगर को प्रभावित करता हैं। इस रोग की बहुलता दलदलीय क्षेत्र में पायी जाती है। इस रोग को पैदा करने वाले मुख्यतः दो बड़े आकार के कृमि होते हैं जो कि जिगर तथा पित्त नलिकाओं में निवास करते हैं। इन कृमियों का नाम *फेशिओला हिपेटिका* तथा *फेशियोला जाइगेंटिका* हैं। इस रोग के फैलने में लिमनिया ओरी कुलेरिया नामक घोंघा काफी महत्वपूर्ण है। यह घोंघा प्राय जोहड़ों, और तालाबों में पाया जाता है जहां पर भैंसों को नहलाने अथवा तैराने के लिये ले जाया जाता है। यह रोग हिमालय के तराई तथा भारत के पूर्वी हिस्से में अधिक पाया जाता है। छोटे पशु इस रोग से मुख्यतः पीड़ित होते हैं। इस रोग के मुख्य लक्षण रोग की अवस्था पर निर्भर करते हैं। पशु के पेट में गड़बड़, पशु भार का गिरना, सुस्त होना तथा कब्ज और अतिसार होना इस रोग के मुख्य लक्षण हैं। इस रोग की तीव्र अवस्था में जिगर फट जाता है तथा पेरिटोनियल कैविटी में खून भर जाता है। जिसके कारण पशु की मृत्यु हो जाती है। मृत पशु के नाक से झागदार खून निकलता है। एक बड़े स्तर पर फैलने पर ये कृमि पित्तवाहिनी नलिकाओं को रोक देते हैं जिसके कारण पीलिया रोग भी हो जाता है। इस रोग का पता पशु के मल में अण्डों का पाया जाना तथा पशु की मृत्यु के बाद शरीर से मिले कृमियों से लगाया जाता है। इस

रोग के उपचार के लिए विभिन्न दवाओं का प्रयोग सुझाया जाता है। जिनमें कुछ निम्नलिखित है :

1. हैक्जाक्लोरोथीन
2. ऑक्सीक्लोजेनाइड
3. लाइड्रोक्सिनिल
4. डाइसोफीनोल
5. रेफोक्सेनाइड

इसके अलावा चारागाहों तथा तालाबों को जहां कि पशु चरने व पानी पीने जाते हैं घोंघा रहित करना चाहिए। संक्रामित चारागाहों एवं जलाशयों में पशुओं को नहीं जाने देना चाहिए। समय–समय पर पशुओं को लीवरफ्लूक मारने की दवा देनी चाहिए।

फीतेदार कृमि : इन कृमियों में *टीनिया सोलियम, टीनिया, सेरीनेटा सिन्यूरम सेरीब्रेलिस* इत्यादि कृमि मुख्य हैं। ये मनुष्य, कुत्ते इत्यादि के मल में उपस्थित कृमियों के अंडों द्वारा गाय भैंसों के पेट में पहुंचते हैं। आतों में भारी संख्या में कृमि होने पर अवरोध उत्पन्न हो जाता है, जिससे पशु पेट दर्द महसूस करता है। अण्डे आतों में पहुंचकर लार्वा बन जाते हैं जो कि मस्तिष्क व मांस पेशियों में पहुंचकर सिस्ट बनाते हैं। सिस्ट युक्त मांस को भोजन के रूप में प्रयोग नहीं करना चाहिए। इसकी रोकथाम के लिए स्वच्छता आवश्यक है। मनुष्यों को चारागाहों में मल विसर्जन नहीं कराना चाहिए। मांसाहारी पशुओं को फार्म से दूर रखना चाहिए। पशुओं को मल विसर्जन वाले स्थानों पर नहीं चराना चाहिए।

अवशिष्ट रोग

अफारा या टिम्पेनाइटिस : इस बीमारी में प्रथम आमाशय नामक भाग में अत्यधिक गैस इकट्ठी हो जाती है। पशु को भारी मात्रा में हरे ताजे फलीदार चारा देने से अत्यधिक गैस पैदा होती है। आमतौर पर बनने वाली गैस ग्रसिका से मुंह के रास्ते बाहर निकलती रहती हैं। परन्तु अत्यधिक दबाव के कारण ग्रसिका में कई बार रुकावट आ जाती हैं। जिससे यह गैस बाहर नहीं निकल पाती और अफारा हो जाता है। पशु का उदर फूल जाता है। यदि पशु के पेट को थपथपाया जाये तो ढोलक जैसे आवाज आती है। भैस के मुंह से लार गिरती है तथा सांस लेने में कठिनाई होती है वह उठने और बैठने में परेशानी महसूस करता है। यह गैस कभी–कभी इतनी मात्रा में इकट्ठी हो जाती है कि भैंस की मृत्यु हो सकती है। इस रोग की रोकथाम के लिए हरे ताजे चारे जैसे कि बरसीम, रिजका इत्यादि कुछ भूसा या सूखा हरा चारा मिलकर खिलाना चाहिए। रोगी पशु को एक लीटर अलसी, अरण्डी या सरसों के तेल में 30 मि. ली. तारपीन का तेल 10 ग्राम हींग डालकर पिंलाना चाहिए। उग्र रूप से धारण करने पर पशु की द यीं कोख में ट्रोकर और केनूला लगाकर प्रथम आमाशय में भरी गैस बाहर निकाल देना चाहिए। भैंसों को सड़ी गली खुराक नहीं खिलाना चाहिए। भैंस को एकाएक अधिक हरा चारा नही खिलाना चाहिए बल्कि सूखे चारे में मिलाकर खिलाना चाहिए।

जोंक लगना

भैंस जब पानी में या तालाब, जोहड़ इत्यादि में बैठती है तो वहां पर पाये जाने वाली जोंक भैंस के शरीर में चिपक जाती है। भैंस से चिपकने वाली जोंको में मुख्य जोंक *हिसवीनेरिया मानीलेसिंस* है जो कि धान के खेतों में भी पायी जाती है। जोंक पशु के खून पर ही भरण–पोषण करती हैं। खून से भर जाने के पश्चात् यह नीचे गिर जाती है तथा पशु के शरीर पर खून से रिसता घाव छोड़ जाती है। यह खाली जोंक का वजन लगभग 12 ग्राम होता है जो कि खून चूसने के बाद 100 ग्राम से 500 ग्राम तक हो जाती है। जोंक को हाथ द्वारा शरीर से हटा देना चाहिए तथा जख्म पर मरहम लगा देना चाहिए। नाक में फंसी जोंक को हटाने के लिए पशु को क्लोरोफार्म तथा तारपीन तेल का मिश्रण सुंघाना चाहिए।

स्पास्त्रोत (1965) के अनुसार बुल्गारिया में करीब 1.5 प्रतिशत भैंसों की मृत्यु नाक में फंसी जोंक के कारण पायी गई।

भैंसों की रोग प्रतिरोधी क्षमता

डा. के. (1974) लिखते हैं कि ऐसा कोई संकेत नहीं मिलता है कि भैंसों की रोग प्रतिरोधी क्षमता देसी गाय के मुकाबले कहीं अधिक हैं। उनका मानना है कि रोग प्रतिरोधी क्षमता अलग–अलग रोग के लिए अलग–अलग है। रेडा तथा ओलुका (1954) के अनुसार भैंस गाय के मुकाबले ज्यादा रोग प्रतिरोधी हैं। यहां तो फिर भी माना जाता है कि भैंसें विदेशी गायों तथा संकर गायों के मुकाबले ज्यादा रोग प्रतिरोधी क्षमता रखती हैं।

भैंसों को रोगों से बचाने के उपाय

ऐसा उपाय किया जा सकता हैं जिनको अपनाने से भैंसों को बीमारियों से बचाया जा सकता है तथा मृत्यु दर में कमी लाई जा सकती है। मृत्यु दर के अधिक होने का कारण पशु परजीवियों का प्रकोप, असन्तुलित आहार, अल्पाहार, कुपोषण, दवाओं तथा चिकित्सा सुविधाओं की कमी होना है। पशु पालकों को अनावश्यक नुकसान से बचाने के लिए यह जरूरी हो जाता है कि पशुओं को रोगों से बचाया जा सके।

सारणी 8.2. स्वस्थ भैंस का सामान्य तापमान, नाड़ी तथा श्वास दर

भैंस का शरीर तापमान	99.0 से 120^0 फा०
भैंस की नाड़ी गति	40 से 45 प्रति मिनट
भैंस की श्वास दर	16 से 18 प्रति मिनट

भैंसों को रोगी होने से बचाने के उपायों का उल्लेख करते हुए यह आवश्यक हो जाता है कि हम भैंसों के सामान्य तापमान, नाड़ी की गति की दर तथा श्वास दर का उल्लेख करें। भैंसों तथा अन्य पशुओं के रोगी होने का संकेत इन्हीं से मिलता है।

अध्याय 9

भैंस का दूध

दूध एक उत्तम आहार है तथा हमारे भोजन का एक प्रमुख अंग है। मानव पोषण में दूध की भूमिका अद्वितीय है। जहां यह जन्म के समय मानव शिशु को जीवन दान देता है वहीं यह बाद में समयानुकुल वृद्धि के लिए उत्तम पोषक़ तत्व प्रदान करता है। दूध के गुण अनेकानेक हैं। जहां यह प्रोटीन का उत्तम स्रोत है वहीं इसमें विद्यमान कैल्शियम दांतों तथा हड्डियों के लिए आवश्यक है। दूध में विद्यमान लैक्टोस शरीर को ऊर्जा प्रदान करता है।

भारत तथा पाकिस्तान में दूध का अभिप्रायः भैंस के दूध से होता है। यही दो देश हैं जहां दुनिया में सबसे ज्यादा संख्या में दूध देने वाली भैंसे पाई जाती हैं तथा दुनिया में पैदा होने वाले भैंस के दूध का अधिकतर भाग पैदा होता है।

विश्व में उत्पादित दूध का केवल 9.1 प्रतिशत ही भैंस में प्राप्त होता है। (खाद्य एवं कृषि संगठन - 1993)। परन्तु अगर एशिया उपमहाद्वीप की बात करें तो पता चलता है कि वर्ष 1993 में कुल दुग्ध उत्पादन गाय से 54.6 प्रतिशत तथा लगभग 37.6 प्रतिशत भैंसों से होता है।

सारणी 9.1 विश्व में दुग्ध उत्पादन (1991), (हजार मिट्रिक टन)

	भैंस	
	1991	1993
विश्व	43340	47480
अफ्रीका	1320	1556
उत्तरी अमेरिका	-	-
दक्षिणी अमेरिका	-	-
एशिया	41887	46149
यूरोप	134	145

अगर प्रगतिशील तथा उन्नत देशों में भैंस के दुग्ध उत्पादन को देखा जाए तो पता चलता है कि भैंस का लगभग सारा दूध उत्पादन प्रगतिशील देशों में होता है।

सारणी 9.2. वर्ष 1991 में भैंस का दुग्ध उत्पादन (हजार मीट्रिक टन)

प्रगतिशील देश	43207
उन्नत देश	134

भारत में अधिकतर लोग शाकाहारी हैं, शाकाहारी के लिए दूध और इससे बने पदार्थ भोजन में प्रोटीन की कमी को दूर करने का एकमात्र साधन है। पश्चिमी देशों में लोग मांसाहारी होते हुए भी दूध का उपयोग प्रचुर मात्रा में करते हैं। यूगोस्लाविया में भैंस मुस्लिम समुदाय के लोगों के लिए घी का स्रोत है क्योंकि इन लोगों को सूअर की वसा या घी खाना धार्मिक रूप से वर्जित है। इसी कारण से भैंस का दूध यूगोस्लाविया, अलबानिया, ग्रीस तथा बुल्गारिया में भी वहां के मुस्लिम समुदाय की घी की जरूरत को पूरा करने में सहायक होता हैं। ऐसा समझा जाता है कि भैंसें यूरोप में अरब के हमलों के पश्चात वहां पर उपनिवेशी मुसलमानों द्वारा लाई गई।

भारत में प्रति व्यक्ति के लिए औसत 181 ग्राम (1992) दूध उपलब्ध है। यह औसत यद्यपि एशिया के दूसरे देशों से अधिक है, परन्तु दुनिया की औसत 100 किलो ग्राम प्रति वर्ष से कम हैं। भारतीय चिकित्सा अनुसंधान परिषद के अनुसार प्रति व्यक्ति कम से कम 210 ग्राम प्रतिदिन अथवा 77 किलो ग्राम दूध प्रति वर्ष प्रति व्यक्ति न्यूनतम जरूरत है। अतः दूध उत्पादन में वृद्धि की अभी बहुत आवश्यकता है। इस उद्देश्य की पूर्ति में भैंस एक महत्वपूर्ण योगदान दे सकती है। भारत में कुल दुग्ध उत्पादन का 44 प्रतिशत गाय से तथा 55 प्रतिशत भैंस से आता है। विभिन्न देशों में भैंसों का दुग्ध उत्पादन सारणी 9.3 में दर्शाया गया है।

सारणी 9.3. वर्ष 1991 में भैंस से दुग्ध उत्पादन (हजार मीट्रिक टन)

बांग्ला देश	25
चीन	1950
भारत	27700
ईरान	90
ईराक	22
मयानमार	65
नेपाल	600
पाकिस्तान	11187
फिलीपीन्स	19
श्रीलंका	63
सीरिया	1
तुर्की	118
वियतनाम	26
बुल्गारिया	20
इटली	114

इन आंकड़ों से स्पष्ट है कि भारत तथा पाकिस्तान भैंस के दूध उत्पादन के प्रमुख केन्द्र हैं।

सारणी 9.4. उत्कृष्ट भैंसों से फार्म पर दुग्ध उत्पादन

स्थान	दुग्ध उत्पादन (कि. ग्रा.)	दुग्ध स्रवण काल दिनों में	प्रकार
सैलीरनो, इटली	3498	–	दूध देने वाली भैंस का एक उत्कृष्ट नमूना
बीलेन, ब्राजील	2328	–	अमेजन नदी के किनारे दूध देने वाली भैंस
बीलेन, ब्राजील	2640	–	संकर मुर्रा तथा अमेजन नदी के किनारे दूध देने वाली भैंस
भारत	2200	–	अच्छे फार्म पर पायी जाने वाली औसत
	3200	–	दूध देने वाली नस्ल की एक उत्कृष्ट भैंस
	4000	305	पंजाब कृषि विश्वविद्यालय की दो मुर्रा नस्ल की भैंस
पाकिस्तान	4300	285	नीली रावी नस्ल की भैंस 6000 दुग्ध स्रवण के रिकार्डो में सबसे ज्यादा दुग्ध उत्पादन
	5337	408	किसी अकेली भैंस के द्वारा अब तक का रिकार्ड किया गया सबसे अधिक दुग्ध उत्पादन

स्रोत : नेशनल अकादमी प्रेस, वाशिंग्टन, डी. सी. से प्रकाशित रिपोर्ट दी वाटर बुफैलो, न्यू प्रोस्पैक्ट फोरएन अन्डर यूटीलाईजड एनीमल में पेज 32 से

भारत तथा पाकिस्तान में बढ़ती हुई भैंसों की संख्या इस बात को दर्शाती हैं कि इन देशों में भैंस की दूध की मांग लगातार बढ़ रही है।

एक अच्छे दूध देने वाले जानवर में यह विशेषतायें होनी चाहिए।

1. आकार
2. मौसम के अनुसार ढलने की क्षमता
3. बीमारियों की बचने की क्षमता
4. अधिक दूध देने की क्षमता
5. दूध निकालने के लिए उपयुक्त

सारणी 9.5. अखिल भारतीय दुग्ध उत्पादन प्रतियोगिता में सबसे अधिक दुग्ध उत्पादन रिकार्ड किया गया। (किलो ग्राम प्रति दिन)

वर्ष	मुर्रा	दूसरी नस्ल की भैंसें
1970-71	31.5	-
1971-72	25.8	-
1972-73	22.2	26.3
1973-74	23.8	26.1
1975-76	24.2	27.5
1976-77	-	28.8

स्रोत : कृषि मंत्रालय नई दिल्ली, विस्तार निदेशालय के सौजन्य से

6. दूध पोषण एवं स्वाद के आधार पर मानव के लिए उत्तम
7. भोजन को दूध में बदलने की उत्तम क्षमता
8. जल्दी गर्भधारण करने की क्षमता
9. जल्दी जवान होने तथा दूध देने की क्षमता
10. दूध का पोषण के लिए उपयुक्त होना
11. दूध का भंडारण के लिए उपयुक्त होना
12. सारे जीवनकाल में दुग्ध उत्पादन
13. ब्यांत अन्तराल
14. शुष्क अन्तराल

उपरोक्त सभी विशेषतायें ज्यांदातर भैंसों में पाई जाती हैं।

भैंसों के दूध की रासायनिक संरचना

दूध के मुख्य घटक सभी स्तनधारी जानवरों में एक जैसे ही होते हैं। केवल अनुपात में विभिन्नता पाई जाती है। ये मुख्य घटक हैं, वसा, प्रोटीन, लैक्टोज तथा खनिज लवण। इन घटकों का अनुपात भिन्न–भिन्न जाति के जानवरों में अलग–अलग पाया जाता है, वहीं यह आयु, वृद्धि तथा शारीरिक स्थिति के अनुसार बदलता रहता है। भैंस के दूध की संरचना सारणी 9.6 में दर्शायी गयी है। इसमें अन्य जाति के जानवरों की दूध संरचना भी दी गयी है। जिसका तुलनात्मक अध्ययन करने से यह स्पष्ट होता है कि भैंस के दूध में गाय के दूध के मुकाबले ज्यादा वसा तथा शुष्क पदार्थ पाये जाते हैं।

वसा

यह दूध का सबसे अधिक अस्थिर गुण है जो कि नस्ल, खिलाई, पिलाई, मौसम, आयु, तथा दूध देने की अवस्था से प्रभावित होता है। आमतौर पर भैंस के दूध में वसा की मात्रा 6-7 प्रतिशत पाई जाती है परन्तु कुछ जानवरों में इससे कम या अधिक भी मिलती है।

सारणी 9.6. भैंस तथा अन्य जाति के पशुओं की दूध संरचना का तुलनात्मक अध्ययन

जाति	पानी	वसा	प्रोटीन	लैक्टोज	खनिज लवण	टी.एस.	एस.एन.एफ
मानव	88.53	3.23	1.25	6.75	0.23	-	-
बकरी	88.20	4.00	3.40	3.60	0.78	-	-
भेड़	79.50	8.50	6.70	4.30	0.98	20.5	12.0
गौपशु (विदेशी)	87.60	3.70	3.20	4.80	0.72	12.4	8.7
देशी	86.40	4.70	3.30	4.90	0.68	13.6	8.7
ऊंट	87.0	2.90	3.90	5.40	0.77	13.0	10.8
भैंस	82.10	8.0	4.20	9.90	0.80	17.90	9.90

दूध में वसा की मात्रा अलग–अलग महीनों में बदलती रहती है। परन्तु इस बारे में विशेषज्ञों की राय में मतभेद है। कुछ विद्वानों के मत के अनुसार भैंस के दूध में सर्दियों में गर्मी के मुताबिक ज्यादा वसा पाई जाती है। दूध में वसा की मात्रा खिलाई–पिलाई से भी प्रभावित होती है। भैंसों को प्रचुर मात्रा में कपास की खली खिलाने से भैंस के दूध में वसा की मात्रा बढ़ जाती है।

दूध देना शुरू करने के चार–पांच महीने तक भैंस के दूध में वसा प्रतिशत बढ़ती जाती है। इसके पश्चात् यह मात्रा घटनी शुरू हो जाती है।

दुग्ध प्रोटीन

भैंस के दूध में प्रोटीन अथवा नाइट्रोजनिक पदार्थों की मात्रा औसतन चार प्रतिशत पायी जाती है। मायनो (1942) के अनुसार इटली की भैंसों के दूध में प्रोटीन की मात्रा 4.96 प्रतिशत पायी गयी जो कि काफी अधिक है। खान तथा कुरेशी (1969) के अनुसार पाकिस्तान की भैंसों के दूध में औसतन 4.29 प्रतिशत प्रोटीन पायी गयी है। दूध में प्रोटीन की मात्रा भैंस के दुग्ध स्रवण काल की अवस्था से प्रभावित होती है। 30 दिन की अवस्था में यह मात्रा 4.36, 150 दिन पर केवल 4.06 प्रतिशत रह गई । 300 दिन की अवस्था में बढ़कर 4.67 प्रतिशत हो गयी।

भैंस के दूध में पाये जाने वाले प्रोटीन की अमीनो एसिड का विश्लेषण करने पर पता चलता है कि यह संरचना गाय, भैंस तथा बकरी के दूध में लगभग एक जैसी पायी गयी है (वैंकटेश्वर राव तथा वसु, 1954, वंकेटेश्वर राव, 1956)। फिर भी गाय के दूध के प्रोटीन में भैंस के दूध के प्रोटीन के मुकाबले ल्यूसीन तथा वेलाइन अमीनो ऐसिड की बहुलता पायी गयी तथा आर्गनीन, लाइसीन, हिस्टडीन तथा मिथायोनीन अमीनो एसिड की मात्रा कम पाई गई।

भैंस के दूध के मुख्य प्रोटीन दूसरे जानवरों के दूध की तरह होते हैं जिनमें केसीन

(Casein) ऐल्ब्यूमिन तथा ग्लोब्यूलिन (Albumin & Globulins) प्रमुख हैं। दूध में एक सीमित मात्रा में गैर प्रोटीन नाईट्रोजन पदार्थ (Non Protein Nitrogenous) भी पाये जाते हैं। भैंस के दूध में ऐसे पदार्थ की मात्रा गाय के दूध में पाये जाने वाली मात्रा से कुछ कम है। गैर प्रोटीन नाईट्रोजन पदार्थ (Non Protein Nitrogenous) में मुख्य रूप से यूरिया 40-50 प्रतिशत होता है तथा उसके अलावा थोड़ी मात्रा में क्रियेटनीन, यूरिक, अम्ल, अमोनिया तथा ऐसे पानी में घुलने वाले बिटामिन जिनमें हाइड्रोजन होती है, पाये जाते हैं।

भैंस के दूध में कुछ मात्रा में एन्जाइस भी पाये जाते हैं। इनमें से कुछ एन्जाइम्स दूध के व्यवसाय में महत्वपूर्ण हैं। इनमें से दो प्रमुख एन्जाइम्स हैं – औक्सीडेस तथा एल्केलाइन फास्फेटेस। अभी तक जो भी एन्जाइम गाय के दूध में पाये जाते हैं, भैंस के दूध में भी उपस्थित हैं।

भैंस के दूध के कुछ अप्रधान अथवा गौण अवयव

इस श्रेणी में वे पदार्थ आते हैं जो कि दूध में बहुत कम मात्रा में पाये जाते हैं। परन्तु इसमें से कुछ पदार्थ मानव पोषण में महत्वपूर्ण है जैसे कि खनिज लवण तथा विटामिन।

कैरोटीन, टोकोफिरोल तथा विटामिन बी. 12 को छोड़कर वे सभी विटामिन तथा खनिज लवण जो गाय के दूध में पाये जाते हैं भैंस के दूध में कुछ अधिक मात्रा में होते हैं। गाय और भैंस के दूध में एक महत्वपूर्ण अन्तर जो कि दिखाई पड़ता है वह यह है कि गाय का दूध हल्का पीलापन लिए होता है जबकि भैंस का दूध बिल्कुल सफेद होता है। ऐसा इसलिए है क्योंकि गाय के दूध में पाए जाने वाला विटामिन–ए कुछ केरोटीन की शक्ल का होता है जो कि दूध के पीलेपन के लिए उत्तरदायी है तथा कुछ रंगहीन असली विटामिन ए की शक्ल में पाया जाता है। इससे सिद्ध होता है कि भैंस के शरीर में कैरोटिन को विटामिन ए. में परिवर्तित करने की क्षमता कहीं अधिक विकसित है। भैंस के दूध में विटामिन ए की मात्रा 0.69 मि.ग्रा/ली. बताई गयी है जबकि इसकी मात्रा गाय के दूध में 0.48 मि.ग्रा./ली. होती है।

भैंस के दूध में विटामिन सी की मात्रा भी गाय के दूध से अधिक होती है। यहां तक कि मानव दूध से भी अधिक पायी जाती है। सारणी–9.7 इस बात की ओर संकेत करती है।

सारणी 9.7. दूध में विटामिन सी की मात्रा (मि. ग्रा. प्रति लीटर)

भैंस	19.5	से	39.5
गाय	7.8	से	7.9
बकरी	7.8	से	9.7
मनुष्य	11.3	से	27.0

स्रोत: **बराकत तथा अल्वाहव** (1961)

दूध में पाये जाने वाले खनिज लवण

दूध में कैल्शियम की मात्रा का विशेष महत्व है क्योंकि यह नवजात शिशु की हड्डियों की वृद्धि के लिए आवश्यक है तथा नवजात शिशु के पेट में होने वाली दूध की थक्का बनना क्रिया के लिए भी महत्वपूर्ण है। एक जैसे दुग्ध जमाव एन्जाइम (रेनिन) की उपस्थिति में भैंस का दूध गाय के दूध की अपेक्षा जल्दी जम जाता है। दूध के जमने में कैल्शियम का एक महत्वपूर्ण योगदान है। गाय के दूध में औसतन 0.18 में 0.20 प्रतिशत कैल्शियम पाया जाता है।

फास्फोरस भी कैल्शियम की तरह हड्डियों तथा दांतों की सृष्टि में आवश्यक है तथा प्रत्येक कोशिका की कार्यप्रणाली में भी महत्वपूर्ण है। यह दूध में स्वतन्त्र तथा अस्वतन्त्र जुड़ी हुई दशा में पाया जाता है। भैंस के दूध में कुल फास्फोरस की मात्रा 0.12 से 0.13 प्रतिशत है जबकि देसी गाय में यह मात्रा 0.10 से 0.12 प्रतिशत होती है। कैल्शियम और फास्फोरस के अलावा अन्य महत्वपूर्ण खनिज लवण हैं। सोडियम, पोटेशियम, क्लोराइड, आयरन, कॉपर, जिंक, एल्यूमीनियम, मैग्नीज, लैड, मोलीब्लेडनम तथा सिल्किोन। भैंस के दूध में इन खनिज लवणों की मात्रा सारणी 9.8 में दर्शायी गयी है। भैंस के दूध के भौतिक लवण सारणी 9.9 में दर्शाये गये हैं।

सारणी 9.8. भैंस के दूध में खनिज लवणों की मात्रा

लवण	मात्रा
सोडियम	47.7 प्रतिशत /मि. ली.
पोटेशियम	160 प्रतिशत / मि. ली.
क्लोरीन	66.9 प्रतिशत / मि. ली.
कॉपर	21.2 माइकोग्राम / मि.ली.
आयरन	97.5 माइकोग्राम / मि.ली.
जिंक	239 माइकोग्राम / मि.ली.
एल्यूमीनियम	22 माइकोग्राम / मि.ली.
मैग्नीज	17 माइकोग्राम / मि.ली.
लैड	16 माइकोग्राम / मि.ली.
मोलीब्लेडनम	2 माइकोग्राम / मि.ली.
सिलिकोन	21 माइकोग्राम / मि.ली.

प्रेरित दुग्ध स्रवण

दूध देने की प्रक्रिया के लिए शरीर को अंतः स्रावी तत्व (हार्मोन) की जरूरत होती है। वर्ष 1940 के आसपास ब्रिटेन में हुई खोजों से यह साबित हो गया है कि झोटियों को जिन्होंने गर्भधारण किया है एस्ट्रोजन हार्मोन के टीके लगाने से दूध देने की हालत में लाया जा सकता है। इनमें से कुछ जानवर तो लगभग उतना ही दूध देते हैं जितना कि वह

सारणी 9.9. भैंस के दूध की भौतिक लक्षण

लक्षण	भैंस	गाय
श्यानता	2.04	1.86
वर्तनांक	1.3448	1.3338
पृष्ठतनाव (dynesècm^2)	55.4	55.9
पी. एच. मान	6.7	6.6
जमाव बिन्दु	0.560	.570
वसा कणों का सामान्य आकार (μm)	5.01	3.85
वसा कणों की संख्या (millionèmm^3)	3.20	2.96
फोस्फेट क्रिया शीलता	28	82
यू. वी. प्रतिदीप्ति	हरा	पीला

स्रोत : एच. लक्ष्मीनारायण और एम. एम. दस्तुर, 1968 बफैलो मिल्क प्रोडक्ट पार्ट -II डेरी साइंस एवस्ट्रैक्ट 30:231-241

साधारणतः ब्यांत के बाद देते हैं तथा कई महीने तक दूध देते रहते हैं। शल्स तथा साथियों (1964) ने मिस्र में इसी प्रकार का सफल प्रयोग भैंसों में कर दिखाया। उन्होंने भैंस की दस झोटियों को जो कि 15 से 30 महीने की आयु की थीं, इस्ट्रोजन तथा प्रोजेस्टेरान के टीके लगाये। इस टीके लगाने के फलस्वरूप उन झोटियों के थन में काफी वृद्धि पाई गई तथा उसके बाद वे दूध देने लगीं। चौथे दिन के बाद दूध की संरचना आम हालात में आ गई थी। इस विधि द्वारा स्वस्थ परन्तु बांझ भैंसों को दूध देने योग्य बनाया जा सकता है।

थनैला (Mastitis)

दूध देने वाली भैंसों का यह प्रमुख रोग है। इस रोग के कारण भैंस दूध देना कम कर देती है। जिससे पशुपालकों को आर्थिक हानि उठानी पड़ती है। यह रोग प्रथम ब्यांत की भैंसों में कम तथा अधिक बार की ब्याई भैंसों में ज्यादा होता है।

यह रोग जीवाणुओं द्वारा होता है। रोगी पशु के दूध में अनेक प्रकार के बदलाव आ जाते हैं जिससे दूध कम उपयोगी हो जाता है। ऐसा समझा जाना गलत है कि भैंस में यह रोग गाय की तुलना में कम होता है। जो जीवाणु इस रोग के प्रमुख कारक हैं उनमें एस–ऑरियस (S-aureus) मुख्य रूप में पाया जाता है। करनाल में प्रसाद तथा सिंह (1981) ने भैंसों में इस रोग का अध्ययन किया तथा पाया कि 35.7 प्रतिशत भैंस जिनमें बाहर से थन ठीक दिखाई देते हैं ये (S-aureus) जीवाणु से ग्रसित थीं। इस रोग का प्रसार मुख्यतः दूध निकालने के समय होता है। थनैला रोग से ग्रसित भैंस के दूध की रासायनिक सरंचना में परिवर्तन आ जाता है। इन परिवर्तनों में दूध लैक्टोस नामक दुग्ध शर्करा में कमी आ जाती है। यद्यपि प्रोटीन में कोई कमी नहीं आती परन्तु वसा रहित शुष्क

पदार्थों की मात्रा कम हो जाती है। ऐसे दूध की दही जमने में भी कठिनाई होती है तथा इस दही का स्वाद भी ठीक नहीं होता।

इस रोग की रोकथाम में स्वच्छता का होना जरूरी है। थनों को पोंछने वाला कपड़ा साफ रखना चाहिए तथा प्रत्येक दिन बदलते रहना चाहिए। रोग की चिकित्सा एंटीबायोटिक उपचार द्वारा की जाती है।

इस रोग को लक्षणों के आधार पर तीव्र, कम तीव्र तथा पुराना रोग के रूप में वर्गीकरण किया जाता है । तीव्र रोग का सही उपचार न होने पर थन खत्म भी हो जाते हैं।

भैंस के दूध को संसाधन करने की प्रक्रिया

भैंस का दूध जहां उत्तम पोषक है वहीं इसका जल्दी खराब होना तथा वजनी होना, इसके विपणन में काफी समस्या उत्पन्न कर देता है। दूध की संसाधन तथा संरक्षण करने की क्रिया दूध निकालने के तुरन्त बाद शुरू हो जाती है।

जैसा कि विदित है कि खाद्य पदार्थ उच्च तापमान पर जल्दी खराब हो जाते हैं तथा कम ताप पर देर से खराब होते हैं। दूध भी इसी प्रकार कम ताप पर देर से खराब होता है। इसलिए सबसे पहला उपचार दूध को ठंडा किया जाता है तथा जरूरत होने पर रसायन भी मिलाये जाते हैं। इसको मुख्य सेंटर में ले जाया जाता है जहां पर उसको पाश्चुरीकृत करके आगे के उपचार के लिए तैयार किया जाता है।

भैंस के दूध का व्यापार

दूध व्यवसाय काफी लोगों की जीविका उपार्जन का साधन है। इनमें मुख्य लोग है :

1. पशु पालक
2. दूधिये
3. दूध व्यापारी
4. हलवाई
5. दुग्ध उद्योगपति
6. पशु चिकित्सक
7. बैंक तथा अन्य सहकारी संस्थायें
8. बीमा कम्पनियां
9. पशु उद्योग से सम्बन्धित औजार बनाने वाले
10. अन्य

इन सबसे अनुमान लगाया जा सकता है कि अनेक लोग प्रत्यक्ष और परोक्ष रूप में दूध व्यवसाय से जुड़े हुए हैं तथा यह उनकी आजीविका का एक स्रोत है। भारत में जहां दूध व्यवसाय मुख्यतः भैंस के दूध पर निर्भर करता है, भैंस की उपयोगिता आजीविका के लिए स्पष्ट हो जाती है।

दुग्ध उद्योग मुख्यतः कई भागों में विभाजित किया जा सकता है। एक मुख्य भाग है दूध को गावों से जहां उत्पादित होता है शहर में ले जाना, जहां पर दूध की मांग तथा खपत होती है। इस कार्य में दूधियों की प्रमुख भूमिका है।

दूधिया उसे कहते हैं जो दूध को घर–घर ले जाकर बाँटता है। यद्यपि बड़े–बड़े

शहरों में दूध की बड़ी–बड़ी योजनाएं चालू हैं, परन्तु छोटे–छोटे दूधियों की भूमिका को नकारा नहीं जा सकता है। यह भूमिका छोटे शहरों में और भी अधिक अहम् है जहां पर बड़ी परियोजनाएं नहीं है। यह दूधिये अधिकतर गांव से सुबह–सुबह दूध इकट्ठा करके गांव में ड्रामों में भर कर शहर ले जाते हैं इनमें कुछ दूध तो अपने खुद के पशुओं का भी होता है तथा कुछ अन्य पशु पालकों से खरीदा जाता है। गांव में दूध का मूल्य शहर से अपेक्षाकृत कम होता है। यह दूधिया इस दूध को ड्रामों में भरकर साईकिल, मोटर साईकिल, ट्रक तथा रेल से शहर पहुंचा देते हैं। दूध परिवहन के साधन दूरी तथा उपलब्धता पर निर्भर करता है। एक दूधिया साईकिल पर एक से दो क्विंटल दूध ले जा सकता है। इस दूध को विभिन्न कालोनियों में जरूरत के हिसाब से वितरित कर दिया जाता है। बहुधा यह दूध बिना किसी ठंडा करने के साधन द्वारा ले जाया जाता है। दूध निकालने से दूध वितरित करने में 4 से 6 घन्टे लग जाते हैं तथा इस दौरान दूध खराब होने की सम्भावना अधिक नहीं होती है। दूध को ले जाने के लिए अनेक प्रकार के बर्तनों का इस्तेमाल किया जाता है इसमें 40 से लेकर एक क्विंटल तक के ड्राम मुख्य हैं। यह ड्राम टीन, पीतल तथा एल्यूमीनियम के बने होते हैं।

भारत में करीब 233 दूध प्रोसेसिग प्लांट हैं तथा 46 दूध उत्पाद बनाने वाली फैक्ट्रियां हैं जो कि सरकारी एवं गैर सरकारी दोनों ही क्षेत्रों में हैं।

दूध उत्पादों के लिए भैंस का दूध ही उत्तम माना जाता है । हमारे देश में पहले मक्खन, पनीर, शिशु आहार, दुग्ध पाउडर, माल्ट मिला दूध बाहर से मंगाये जाते थे। परन्तु अब उन पदार्थों को देश में ही तैयार किया जाता है। 1975–76 में दूध उत्पादनों का आयत बन्द कर दिया गया था तथा उसके बाद सिर्फ भेंट के रूप में प्राप्त दूध पाउडर तथा बटर आयल (Butter Oil) ही बाहर से लाया जाता है।

भैंस के दूध से बनाये जाने वाले व्यंजन

भैंस के दूध से अनेक प्रकार के व्यंजन तथा मिठाईयां बनाई जा सकती हैं जो निम्नलिखित है :

1. खोया
2. बर्फी
3. हलवा
4. रसगुल्ला
5. गुलाबजामुन
6. लस्सी
7. घी
8. पनीर
9. क्रीम
10. मक्खन
11. दही

दूध जल्दी खराब हो जाता है परन्तु दूध से बनाये गये व्यंजन देर तक रखे जा सकते है। दूध से बना सबसे प्राचीन काल से प्रचलित व्यजंन दही है। विदेशों में दही से मिलता जुलता व्यंजन योगहर्ट कहलाता है। दही दूध से किण्वन (fermentation) की क्रिया से बनाई जाती है ।

दही बनाने की कई विधियां प्रचलित हैं। मुख्य रूप से दूध के उबालने के पश्चात जब यह थोड़ा सा ठंडा हो जाये तो इसमें पिछले दिनों का थोड़ा सा दही या जाग मिलाकर रख दिया जाता है। इस दूध को अपेक्षाकृत गर्म स्थान पर रखा जाता है तथा सर्दियों में उपलो की राख इत्यादि में रख देते हैं। दही आमतौर पर 8 घन्टे बाद तैयार हो जाता है परन्तु ठण्डे मौसम में अपेक्षाकृत अधिक समय लगता है। दही को सीधा नमक या चीनी मिलाकर उपयोग किया जा सकता है। कुछ लोग दही में सब्जियां या पत्ते डाल कर रायता बना लेते हैं। दूध में चीनी तथा बर्फ मिलाकर अच्छी तरह मिलाने से लस्सी बनाई जाती है जो गर्मियों का मुख्य शीतल पेय है। इस विधि में चीनी बर्फ डालने से पहले मिला ली जाती है अन्यथा यह घुलने में मुश्किल होती है।

मक्खन

दही को अधिक तेजी से मथने (बिलो कर) से उसमें मक्खन तैयार किया जाता है। दूध की मलाई अथवा क्रिम को बिलो कर भी मक्खन तैयार किया जाता है।

भैंस के दूध से बनाया गया मक्खन बिल्कुल सफेद होता है जबकि गाय का मक्खन हल्का पीला होता है। दूध के कारखानों में मक्खन, क्रीम से तैयार किया जाता है तथा इसमें हल्का सा नमक और रंग मिला दिया जाता है, क्योंकि मक्खन अधिक देर तक ठीक नहीं रह सकता इसे गर्म करके घी के रूप में अधिक देर तक रखा जा सकता है। मक्खन में कम से कम 80 प्रतिशत वसा तथा अधिक से अधिक पानी 16 प्रतिशत होना चाहिए। खाने वाले मक्खन में नमक की मात्रा 3 प्रतिशत से कम होनी चाहिए।

दूध में मिलावट का पता लगाना

भैंस के दूध में गाय के दूध से मिलावट का पता लगाना काफी महत्वपूर्ण है। इटली में भी जहां भैंस का दूध मौजरैल्ला चीज (एक प्रकार का पनीर) बनाने में प्रयुक्त होता है, गाय का दूध मिला दिया जाता है। गाय का दूध सस्ता होता है। कुछ लोगों का विचार है कि गाय का दूध मिलाने से चीज की गुणवत्ता में सुधार आता है जबकि दूसरे लोगों का विचार भिन्न है। नाथर तथा इया (1962) तथा नायर और उनके साथियों (1965) ने मिलावट का पता लगाने का समाधान निकालने के लिए परीक्षण विधि ज्ञात की है। इस परीक्षण विधि का नाम हंसा परीक्षण है तथा यह उपयोगी सिद्ध हो सकती है।

भैंस से स्वच्छ दूध का उत्पादन

दूध एक ऐसा खाद्य पदार्थ हैं जो वातावरण के प्रभाव से जल्दी खराब हो सकता है। चूंकि भैंस ऐसी जलवायु में पायी जाती है जो ज्यादा गर्म तथा आर्द्र होती है, इसलिए यह खतरा और भी बढ़ जाता है। गर्मी के प्रभाव से खाद्य पदार्थो में जीवाणु एवं विषाणुओं की वृद्धि दर काफी बढ़ जाती है इसलिए यह जरूरी हो जाता है कि भैंस के दूध को संचयित करने के ऐसे तरीके विकसित किये जाये जिससे दूध के खराब होने का खतरा कम हो। तकनीकी सुधार के उन सभी तरीकों का इस्तेमाल किया जाना चाहिए जिनसे ऐसे खाद्य

पदार्थ को हानि रहित बनाया जा सके। ऐसा करते समय वातावरण तथा लोगों की रुची को भी ध्यान में रखा जाना चाहिए।

जिन देशों में भैंस का दूध प्रयोग किया जाता है वहां पर एक बहुत अच्छा तरीका दूध को हानि रहित बनाने में महत्वपूर्ण सहयोग देता है वह है भैंस के दूध को उबाल कर पीने का। दूध को उबालने की प्रक्रिया में अधिकतर हानिकारक ज़ीवाणु तथा विषाणुओं का नाश हो जाता है। यह विधि सस्ती तथा सुविधा जनक है क्योंकि पाश्चयुरीकरण की जटिल तकनीक एक ओर महंगी है तथा दूसरी ओर अपर्याप्त है।

दूध को हानिरहित बनाने में दूध के बर्तनों की सफाई का अत्याधिक महत्व है। दूर दराज के गांव तथा कई अन्य जगहों में भी इस ओर ध्यान नहीं दिया जाता। दूध को रखने के लिए बर्तनों में मिट्टी के बर्तन, लकड़ी तथा कहीं–कहीं बकरी के खाल से बने बर्तनों का भी इस्तेमाल किया जाता है। इस प्रकार के बर्तनों की स्वच्छता सन्दिग्ध ही कही जा सकती है। कहीं–कहीं लोहे के बर्तनों का भी इस्तेमाल किया जाता है परन्तु इस तरह के बर्तन जंग लग जाने के कारण खराब हो जाते हैं ये बर्तन ठीक तरह से साफ भी नहीं हो पाते तथा इनमें पाये जाने वाले जोड़ अनेक प्रकार के संक्रामक जीवाणुओं के केन्द्र बन जाते हैं तथा दूध में अवांछित स्वाद भी पैदा कर देते हैं। धीरे–धीरे लोगों की जागरुकता इस ओर बढ़ रही है तथा अनेक जगह ऐसे बर्तन बदल कर स्टैनलैस स्टील के बर्तनों का प्रचलन बढ़ रहा है। दूध को स्वच्छ रखने में स्टैनलैस स्टील के बर्तन अति उत्तम हैं परन्तु इस तरह के बर्तनों का दूध के उबाले जाने में प्रयोग नहीं किया जाना चाहिए। दूध को खासतौर पर भैंस के दूध को जिसमें कि वसा की मात्रा अपेक्षाकृत अधिक होती है, उबालने के लिए एल्यूमिनियम, लोहा तथा पीतल के बर्तन अधिक उपयुक्त होते हैं।

दूध को स्वच्छ रखने की दूसरी बड़ी समस्या सामने आती है वह दूध में मिलावट की है। यह समस्या दूध के मामले में गम्भीर रूप धारण कर लेती है। आमतौर पर देखा गया है कि भैंस के दूध को पानी मिलाकर गाय के दूध के जगह बेचा जाता है। दूध में पानी मिलाने का काम अक्सर दूध सप्लाई करने वाले जो कि गांव से शहर में दूध लेकर जाते हैं, करते है। ऐसे लोग दूध में मिलाये जाने वाले पानी की स्वच्छता का कोई ध्यान नहीं रखते तथा जोहड़, तालाब, नलकुओं या कोई भी कहीं से पानी लेकर मिलाने में कोई हिचकिचाहट महसूस नहीं करते हैं। जाहिर है कि उनमें से अधिकांश पानी पीने के उपयुक्त नहीं होता तथा दूध में हानिकारक जीवाणुओं की वृद्धि का स्रोत बन जाता है। ऐसे लोग जहां दूध में पानी मिलाकर कानूनन अपराध करते हैं वहीं ये दूध पीने वालों के स्वास्थ्य से भी खिलवाड़ करते हैं क्योंकि किसी सरल परीक्षण जिससे गाय अथवा भैंस के दूध के पहचान की जा सके के अभाव में कानून की गिरफ्त से भी बच निकलते हैं।

गाय तथा भैंस का दूध प्रायः शहरी आबादी के प्रयोग में आता है। इसलिए दूध में मिलावट को रोकने के लिए भिन्न–भिन्न प्रदेशों में प्रीवेन्शन ऑफ फूड अडल्ट्रेशन एक्ट 1955 के अन्तर्गत मानक निश्चित किये हैं (सारणी 9.10)। इस एक्ट को अनेक बार संशोधित भी किया गया है तथा 15 जनवरी 1991 तक संशोधनों के आधार पर

निम्नलिखित मानक निर्धारित हैं।

सारणी 9.10. प्रीवेन्शन ऑफ फूड अडल्ट्रेशन एक्ट 1955 के अन्तर्गत दुग्ध मानक

राज्य	न्यूनतम वसा की मात्रा (प्रतिशत)	
	भैंस	गाय
आन्ध्र प्रदेश	5.0	3.5
अरूणाचल प्रदेश	5.0	3.5
असम	6.0	3.5
बिहार	6.0	3.5
गोआ	5.0	3.5
गुजरात	6.0	3.5
हरियाणा	6.0	4.0
हिमाचल प्रदेश	5.0	3.5
जम्मू तथा कश्मीर	5.0	3.5
कर्नाटक	5.0	3.5
केरल	5.0	3.5
मध्य प्रदेश	5.0	3.5
महाराष्ट्र	6.0	3.5
मणिपुर	5.0	3.5
मेघालय	6.0	3.5
मिजोरम	5.0	3.5
नागालैंड	5.0	3.5
उड़ीसा	5.0	3.0
पंजाब	6.0	4.0
राजस्थान	5.0	3.5
सिक्किम	6.0	3.5
तमिलनाडु	5.0	3.5
त्रिपुरा	5.0	3.5
उत्तर प्रदेश	6.0	3.5
पूर्वी बंगाल	6.0	3.5
केन्द्र शासित प्रदेश		
अंडमान तथा निकोबार द्वीप समूह	5.0	3.5
चण्डीगढ़	6.0	4.0
दादरा तथा नगर हवेली	5.0	3.5
दमन तथा दीयू	5.0	3.5
दिल्ली	6.0	3.5
लक्षद्वीप	5.0	3.5
पांण्डीचेरी	5.0	3.5

वसा रहित शुष्क पदार्थ की न्यूनतम मात्रा भैंस के दूध में 9.0 प्रतिशत तथा गाय के दूध में 8.5 प्रतिशत है।

अध्याय 10

बोझा ढोने के लिए भैंसों का योगदान

प्रगतिशील देशों में औद्योगिकीरण के बावजूद कृषि में जानवरों का अभी भी महत्वपूर्ण योगदान है। ऐसे देश ज्यादातर एशिया तथा अफ्रीका उप महाद्वीप में पाये जाते हैं तथा इन्हीं देशों में भैंस बहुतायत में पायी जाती हैं। जाहिर है कि इन देशों में कृषि कार्य के लिए भैंस का उपयोग होता है। ऐसे देशों में जहां कृषि योग्य भूमि छोटे–छोटे टुकड़ों अथवा जोत में बंटी हुई है तथा छोटे किसान थोड़ी मात्रा में कृषि के साथ–साथ पशु पालन भी करते हैं भैंस एक बहुउद्देश्यीय पशु के रूप में अपना फर्ज निभाती है। भैंस थोड़ी मात्रा में दूध के साथ–साथ आवश्यकतानुसार बोझा ढोने का काम भी करती है। दलदलीय नस्ल की भैंस जमीन की बुआई तथा गाड़ियों में जोते जाने जैसे कार्य भी करती है। भैंसों को गन्ने की पिराई तथा जलाशयों से पानी निकालने जैसे कार्य में भी बखूबी इस्तेमाल किया जाता है। दलदलीय नस्ल की भैंसों के खूर अपेक्षाकृत काफी चौड़े होते हैं तथा ये जमीन को मसल–मसल कर कीचड़ बनाने में काफी सहायक होते हैं। इस तरह की व्यवस्था धान के पौध रोपण के लिए आवश्यक है तथा इस कार्य के लिए भैंस एक मात्र उत्तम साधन है। ऐसा भी देखा गया है कि भैंस तो केवल बोझ ढोने के आधार पर ही विकसित की गयी हैं। ये भैंसें उथले पानी में नाव को खींचने में भी मदद करती हैं। आज के युग में भैंसे दक्षिणी चीन, थाईलैंड, इण्डोनेशिया, मलेशिया, फिलीपीन्स तथा पड़ौसी देशों में कृषि ऊर्जा का 20 से 30 प्रतिशत भाग पैदा करती हैं। भारत में भैंसें अनुमानित 6 से 12 प्रतिशत कृषि ऊर्जा प्रदान करती हैं। सुदूर पूर्व तथा निकट पूर्व देशों के करोड़ों किसान बोझा ढोने के लिए भैंसों का पालन तथा इस्तेमाल करते हैं। इन लोगों के लिए खाद्य पदार्थो की खेती का यही एकमात्र साधन है। इसके इसी गुण के कारण भैंस को पूर्वी देशों में जिन्दा ट्रैक्टर भी कहा जाता है। डा. डब्ल्यू रोख कोकरल के अनुसार भैंसें बहुत लम्बी आयु तक कार्य करने की क्षमता रखती हैं। उनके अनुसार 15–20 साल आयु तक के जानवरों का कार्य करते रहना एक आम बात है। उन्हें कुछ जानवर ऐसे भी मिले जो 40 साल की आयु तक कार्य करते पाये गये। ऐसे कुछ देशों में जहाँ अभी भी लोग काफी गरीब हैं तथा पैट्रोलियम पदार्थ महंगे होते जा रहे हैं भैंसे से काफी काम लिया जाता है। 1979 में थाईलैण्ड के ग्रामीण इलाकों में भैंस का मूल्य काफी बढ़ गया था जिसका एक मुख्य कारण भैंस की कृषि कार्यों में मांग होना है।

यद्यपि एशिया के देशों में कृषि कार्यों का लगातार यंत्रीकरण होता जा रहा है, फिर भी कुछ किसानों को भैंस ट्रैक्टर के मुकाबले ज्यादा लाभकारी प्रतीत होती है। इसका

कारण यह है कि भैंस खेतों में कार्य करने के लिए अति उत्तम है। जबकि ट्रैक्टर के उपयोग से अतिरिक्त क्षमता काफी मात्रा में व्यर्थ चली जाती है। भैंसे मुफ्त में खाद तथा ईंधन के लिए उपले भी प्रदान करती है। डीजल की मांग नहीं करती। इसलिए सरकारी रूप से भी भैंस कार्य क्षमता बढ़ाने के कार्यक्रमों में नई जागरूकता आयी है।

भैंस चलित गाड़ियाँ एक गांव से दूसरे गांव तक सामान ढ़ोने के लिए अति उपयोगी हैं, क्योंकि इनके बीच में बने हुए रास्ते ट्रक तथा अन्य भारी वाहनों के लिए उपयुक्त नहीं हैं। यह जानवर छोटे–छोटे नदी नाले तथा ऊबड़–खाबड़ रास्तों को भी आसानी से पार कर जाते हैं। बड़े–बड़े शहरों में भैंस गाड़ियां लाभकारी हो सकती हैं खासकर ऐसी जगह पर जहां पर रास्ता इतना कम हो कि ट्रकों को ले जाना आर्थिक रूप से सम्भव न हो।

भैंस की काम करने की क्षमता

भैंस एक सक्षम बोझा ढोने वाला जानवर है। इसकी शरीर रचना खासतौर से शरीर का भार का अगली तथा पिछली टांगों पर प्रसार एक महत्वपूर्ण लाभ है। इसके बड़े–बड़े डिब्बे जैसे खुर धान के खेतों की दलदली मिट्टी में चलने फिरने में बहुत सहायक होते हैं। भैंस तीर्व गति से कार्य नहीं कर पाती। यह एक घन्टे में करीब तीन कि. मी. सफर तय कर पाती है। ज्यादातर देशों में भैंसों से प्रतिदिन पांच घन्टे कार्य लिया जाता है। एक भैंस एक हैक्टर धान के खेत की जोताई करके तैयार करने में 6 से 10 दिन का समय लेती है।

भारत में अनुमान लगाया गया है कि 80 करोड़ बोझा ढोने वाले पशु हैं इनमें से करीब 70 करोड़ बैल हैं, 80 लाख भैंसें हैं तथा 20 लाख गधे, घोड़े खच्चर तथा ऊंट हैं। विभिन्न राज्यों में बोझा ढोने वाले भैंसों की संख्या सारणी 10.1 में दी गई है।

अलग–अलग पशुओं की कार्य क्षमता अलग–अलग पाई जाती है। यह कार्य क्षमता पशु के स्वास्थ्य, शरीर भार, कार्य करने की सतह तथा कार्य के लिए इस्तेमाल हल पर निर्भर करता है। बड़े तथा भारी जानवर छोटे जानवरों की अपेक्षा ज्यादा बोझा ढो सकते है। मुर्रा भैंसों पर किये गये अध्ययन से यह अनुमान लगाया गया है कि बोझा ढोने वाली भैंस रबड़ के टायर वाली गाड़ी में अपने शरीर भार से छः गुणा तक बोझा ढो सकती है। इस प्रकार एक भैंसा एक गाड़ी में एक से दो टन सामान ढो सकता है। यह बोझा लगातार दो से तीन घन्टे तक ढोया जा सकता है। भैंस बीच–बीच में विश्राम के पश्चात सर्दियों में छः से आठ घन्टे बोझा ढो सकती है तथा गर्मियों में पांच से छः घन्टे बोझा ढो सकती है। ऐसा अनुमान लगाया गया है कि दलदलीय नस्ल की भैंस धान के खेतों में 20 से 140 दिन प्रतिवर्ष कार्य करती हैं। भैंसें औसतन ग्यारह साल तक बोझा ढोने का कार्य कर सकती हैं तथा कुछ भैंसें 20 साल की आयु तक भी कार्य कर सकती हैं। भैंसे गर्म तथा नमीवाली जलवायु में अपने शरीर को जल्दी से ठण्डा नहीं कर पाती, इसलिए बोझा ढोने वाली भैंसों को हर 2 घन्टे के बाद आराम की जरूरत होती है तथा अगर उन्हें पानी में बैठने दिये जाये तो ये और भी अच्छा रहता है अन्यथा उनके शरीर का तापमान खतरे की

सारणी 10.1. बोझा ढोने वाले पशुओं की संख्या (1972), हजारों में

राज्य	गौ पशु		भैंसें	
	बैल	गाय	नर	मादा
आन्ध्र प्रदेश	4964	240	1165	48
आसाम	2015	114	165	17
बिहार	7093	242	643	61
गुजरात	3022	5	29	3
हरियाणा	931	6	45	3
हिमाचल प्रदेश	869	5	8	1
जम्मू कश्मीर	603	3	37	4
कर्नाटक	3327	307	240	18
केरल	372	7	212	6
मध्य प्रदेश	9365	170	1102	11
महाराष्ट्र	5918	26	263	16
मेघांलय	99	17	6	1
उड़ीसा	4465	205	539	41
पंजाब	1492	4	225	29

हद तक बढ़ जाता है।

कुछ देशों में भैंसों की उन्नति के लिए संकर नस्ल की भैंसें बनाई गई हैं। इन संकर नस्ल की भैंसों का मुख्य उद्‌देश्य उनकी दूध तथा मांस पैदा करने की क्षमता को बढ़ाना है। इस प्रकार के संकरण का उनकी बोझा ढोने की क्षमता पर क्या प्रभाव पड़ता है, जानने के लिए कुछ प्रयोग किये गये हैं। इन अनुसंधानों से पता चलता है कि थाईलैण्ड की भैंसें संकर मुर्रा भैंसों की अपेक्षा ज्यादा जमीन की जुताई कर सकती हैं तथा ज्यादा तीव्र गति से कार्य कर सकती हैं। फिलीपीन्स में किये गये प्रयोगों से भी ऐसा ही निष्कर्ष निकाला गया है।

भैंसों की कार्य क्षमता बढ़ाने के लिए विभिन्न प्रकार के प्रयोग किये गये हैं। जिनमें नये प्रकार के भैंसा गाड़ी, जुए का डिजाइन तथा अन्य प्रयोग किये गये हैं। इन प्रयोगों से यह पता लगाया गया है कि बैरिंग युक्त रबड़ के टायर वाली गाड़ी भैंसों से कार्य लेने में सबसे उपयुक्त है।

अध्याय 11

भैंसों से चमड़ा, गोबर तथा अन्य वस्तुओं का उत्पादन

भैंसों से चमड़ा, हड्डियां, सींग तथा कई अन्य उपयोगी वस्तुओं की प्राप्ति होती है। ये वस्तुएं जानवरों के वध अथवा उनके मरने के उपरान्त प्राप्ति की जाती हैं। इससे स्पष्ट है कि भैंस मनुष्य के जीवित रहते हुए तो सेवा करती ही है अपितु मृत्यु के पश्चात् भी उससे आय प्राप्त होती है। भैंस की खालों से जूते, बैग, पर्स तथा अन्य कई वस्तुएं बनती हैं। सींगों से कई सजावट के सामान और कंघिया आदि बनती है।

खाल अथवा चमड़े की प्राप्ति की मात्रा जानवरों के वध के समय भार का 5-6 प्रतिशत होती है। जबकि हड्डियां 15-30 प्रतिशत होती हैं। सींग तथा खुर 1-2 प्रतिशत तक होते हैं। वध उपरान्त खून की मात्रा 4-6 प्रतिशत होती है तथा रूमेन की मात्रा 8-10 प्रतिशत होती है। इन पदार्थो को खाने के काम में नहीं लाया जाता तथा ये सभी कुल मिलाकर 40-50 प्रतिशत शरीर भार का प्रतिनिधित्व करते हैं।

दूसरा मुख्य तथ्य यह है कि इन सबमें खाल अथवा चमड़ी को छोड़कर शेष पदार्थ पूर्ण रूप से इस्तेमाल में नहीं लाये जाते तथा काफी मात्रा व्यर्थ चली जाती है। ऐसा अनुमान है कि 1985 में भारत में 98,000 भैंसों का वध किया गया।

हड्डियां

ऐसा अनुमान लगाया गया है कि भारत में प्रतिवर्ष 4.2 लाख टन हड्डियां प्राप्त की जा सकती हैं। यह हड्डियां मुख्यतः मरे हुए जानवरों से प्राप्त होती हैं जो खाल खींचने के बाद खुले मैदान में छोड़ दिये जाते हैं। इन जानवरों का मांस तो कुत्ते, सिआर, गिद्ध, चील तथा कव्वे खा जाते हैं। हड्डियां धूप, वर्षा तथा बैक्टिरिया की वजह से साफ हो जाती हैं। इन हड्डियों को इकट्ठा करके कारखानों (हड्डियों की चक्की) को बेच दिया जाता है।

जैसा कि ऊपर बताया गया है कि भारत में प्रतिवर्ष 4.2 लाख टन हड्डियां प्राप्त की जा सकती हैं। परन्तु केवल 2.5 लाख टन ही वास्तविक रूप से प्रयोग की जाती हैं बाकी व्यर्थ चली जाती हैं। भारत में लगभग 250 ऐसे कारखाने होने का अनुमान है जो हड्डियों का चूरा बनाते हैं।

हड्डियों का चूरा पशुदाने में डाला जाता है ताकि आहार सन्तुलित हो और कैल्शियम तथा फास्फोरस की शरीर में कमी न होने पाये। सींगों से चाकुओं के दस्ते

बटन, वाद्य यंत्रों के मुंह इत्यादि अनेक लाभकारी सामान बनाया जाता है।

सींग तथा खुर

भारत में प्रतिवर्ष 0.60 लाख टन सींग तथा खुरों के प्राप्त होने का अनुमान है परन्तु वास्तव में कितना इकट्ठा और प्रयोग में लाया जाता है कहना मुश्किल है। भैंस के सींग तथा खुरों का उपयोग दस्तकारी के सामान बनाने में किया जाता है। सींगों का उपयोग कंघियाँ बनाने में भी किया जाता है।

सींग तथा खुरों को उच्च माप दाब पर रखा जाता है तो इन्हें आसानी से चूरा बनाया जा सकता है। इस प्रकार प्राप्त चूरे को सींग–खुर चूरा (Meal) कहते हैं तथा यह खाद तथा अग्निशमन (फोम) बनाने के उपयोग में लाया जाता है।

चमड़ा तथा अन्य वस्तुओं के पूर्ण उपयोग में बाधायें

यह सही है कि भैंस से प्राप्त चमड़ा तथा अन्य वस्तुओं का पूर्ण उपयोग नहीं हो पाता। इन वस्तुओं के पूर्ण उपयोग न हो पाने के कई कारण हैं। मुख्य कारणों में से कुछ इस प्रकार हैं। एक तो प्रति व्यक्ति जानवर रखने की मात्रा कम है तथा ये जानवर एक बहुत बड़े भाग में फैले हुए हैं। जानवरों का वध या काटा जाना एक या थोड़ी जगह सीमित नहीं है, बल्कि थोड़ी–थोड़ी मात्रा में जानवरों को छोटे शहरों, कस्बों तथा गांवों में काटा जाता है। इस प्रकार जानवरों से प्राप्त होने वाले पदार्थ कम मात्रा में तथा दूर–दूर तक प्राप्त होते हैं। इनको एक जगह इकट्ठा करने में काफी धन और समय नष्ट होता है। इनको इस्तेमाल में लाने के लिए उपयुक्त मशीनरी में भी व्यय हो जाता है जो थोड़ी–थोड़ी मात्रा में उपयोग में लाने में कम लाभकारी हो जाती है।

चमड़े की अच्छी मात्रा तथा गुणवत्ता प्राप्त करने के उपाय

1. भैंस को नंबर लगाना, पिछली टांगों के ऊपर वाले भाग में या पूँछ के अन्दर की तरफ ही करना चाहिए अन्यथा चमड़े के मूल्यवान भाग को क्षति पहुंचती है।
2. भैंस को जुए से रगड़ खाने से बचाना चाहिए। इसके लिए जुए तथा गर्दन के बीच नरम कपड़ा इत्यादि रख देना चाहिए ताकि भैंस की गर्दन जुए से रगड़ ना खाए।
3. भैंस की अच्छी तरह से देखभाल करनी चाहिए तथा यह ध्यान रखना चाहिए कि भैंस को कंटीली झाड़ियों, नोकदार तार इत्यादि से खरोंच तथा निशान न पड़े।
4. भैंस को त्वचा रोगों से बचाकर रखना चाहिए।
5. भैंस की खाल ठीक प्रकार से उतारनी चाहिए।

गोबर

भैंस के गोबर के अनेक उपयोग हैं। गांवों में गोबर के उपले बनाकर जलाने के काम

में लाते हैं क्योंकि गांवों में कोयला या गैस आसानी से उपलब्ध नहीं होती है तथा मिट्टी का तेल बहुत महंगा मिलता है।

गोबर का प्रयोग खाद के रूप में भी किया जाता है। गोबर की खाद अच्छी मानी जाती है।

आजकल गोबर को खाद तथा ऊर्जा दोनों की प्राप्ति के लिए उपयोग किया जाता है। इस उद्देश्य की पूर्ति के लिए गोबर गैस संयत्र लगाये जाते हैं। गोबर गैस का उपयोग न केवल ईंधन के लिए वरन् प्रकाश व कम शक्ति के इंजन चलाने के लिए भी किया जा सकता है। गोबर गैस संयंत्र से मिलने वाली गैस नीली लौ देती है। बर्तनों को काला नहीं करती तथा धुआं व बदबू रहित होती है, जिससे खाना पकाने वाली महिलाओं की सुरक्षा अपने आप हो जाती है। उपले सुखाने तथा भंडारण करते समय वर्षा, दुर्गन्ध तथा मच्छरों का भय बना रहता है। गोबर गैस संयंत्र लगाकर इन बातों पर सुगमता से काबू पाया जा सकता है। गोबर से गैस की प्राप्ति करने के बाद बचे हुए गोबर में पौधों के लिए आवश्यक पोषक तत्व वैसे के वैसे बने रहते हैं तथा यह खाद के रूप में गोबर की अपेक्षा अधिक लाभदायक होता है। गोबर गैस में 55 प्रतिशत मीथेन और 45 प्रतिशत कार्बन डाइआक्साइड होती है।

संयंत्र से निकलने वाला गोबर और पानी का मिश्रण जिसमें से गैस बन चुकी हो नाइट्रोजन युक्त तत्वों से समृद्ध होता है। इसे सिंचाई के पानी के साथ सीधा खेत में पहुंचाया जा सकता है। इसको गड्ढे में डालकर खाद के प्रयोग के लिए भी रखा जा सकता है। गैस संयंत्र लगाने के लिए केन्द्रीय तथा राज्य सरकार से वित्तीय और तकनीकी जानकारी तथा सहायता मिल सकती है।

अध्याय 12

भैंस पालन के नये आयाम : समस्याएं एवं निदान

भैंस पालन अब घर–घर से निकल कर संगठित व्यवसाय का रूप ले रहा है। सहकारी संस्थाओं ने भी भैंस उत्पादन के नये आयाम स्थापित किये हैं। नेशनल डेरी डिवेलपमेंट बोर्ड, आनन्द ने इस दिशा में विश्व विख्यात कीर्ति पाई है। इस संस्थान ने डा. वी. कुरीयन की अध्यक्षता और मार्ग निर्देशन में संगठित दुग्ध व्यवसाय (जो मुख्यतः भैंस पालन पर निर्भर है) स्थापित करने में नये कीर्तिमान स्थापित किये हैं। आज अमूल ब्राण्ड के दुग्ध उत्पादन घर–घर में प्रचलित हैं तथा इससे गुजरात के भैंस पालकों की आय और रहन–सहन के स्तर में उल्लेखनीय उन्नति हुई है। फिर भी दूसरे राज्यों में इस प्रकार का कार्य वह ख्याति प्राप्त नहीं कर पाया जो इस संस्थान ने प्राप्त की। इस संस्थान द्वारा न केवल प्रथम बार विश्व में इस दिशा में कार्य किया गया, अपितु आज भी इस दिशा में अग्रणी है तथा इसका कोई सानी नहीं है। अन्य संस्थान जिसके नाम का उल्लेख किया जा सकता है वह है भारतीय एग्रो इन्डस्ट्रीज फाउंडेशन (बी.ए.आई.एफ.) उरली कांचन। माननीय श्री मनी भाई देसाई की अध्यक्षता में यह भी सराहनीय कदम है भैंस पालन को व्यवसाय के रूप में स्थापित करने की दिशा में अन्य कारण भी हैं। राष्ट्रीय डेरी अनुसंधान संस्थान, करनाल के अनुसंधान प्रयासों के परिणाम स्वरूप भैंस के दूध को उत्पादनों में परिवर्तित करने की विधियां विकसित हुई, अपितु भैंस के दूध से शुष्क दुध, अनेक प्रकार के चीज, दही, काफी मिश्रण, आईसक्रीम बनाने की भी उन्नत विधियां विकसित की गई हैं। भैंस के दूध को होमोजिनाइज करने की विधियों के भी प्रयास किये जा रहे हैं।

समस्याएं एवं निदान

भैंस उत्पादन व्यवसाय अभी भी कुछ प्रमुख समस्याओं से ग्रस्त है। उनमें से कुछ निम्नलिखित है:

1. उचित मात्रा में चारे का उपलब्ध न होना।
2. अच्छी नस्ल के सांड़ों का प्रचुर मात्रा में न होना।
3. उन्नत तकनीक का किसानों तक न पहुंचना।
4. रोग निदान और उपचार सुविधाओं का अपर्याप्त होना।
5. कटड़े कटड़ियों में अधिक मृत्युदर।

सूखे की स्थिति और चारे की व्यवस्था

इस बात में दो मत नहीं है कि यदि पशुओं से अच्छा और अधिक दूध प्राप्त करना हो तो हरे चारे की व्यवस्था अत्यन्त आवश्यक है, परन्तु जहां सिंचाई के साधन नहीं हैं या सूखे की विषम स्थिति हो तो हरा चारा उपलब्ध होने में कठिनाई हो सकती है। ऐसी हालत में सूखे चारे को ही उपचारित करना होगा। इसकी विधि यह है कि 40 लीटर पानी में 4 कि. ग्रा. यूरिया घोलकर 100 कि. ग्रा. भूसे या धान के अच्छी तरह से मिला दें और इकट्ठा करके गड्ढे में भी रख सकते हैं या फिर इनको ऊपर से पौलीथीन की चादर से ढक दें। लगभग 28 दिन के बाद इस उपचारित चारे को यदि पशु को पेट भर खिलायें तो अनुरक्षण और कुछ हद तक दुग्ध उत्पादन के लिए भी ऊर्जा और प्रोटीन की मात्रा भी प्राप्त हो सकेगी। यहां यह बता देना आवश्यक है कि निकृष्ट चारों में पोषक तत्वों की एवं प्रोटीन की भारी कमी होती है और इसकी पचनीयता भी काफी कम होती है। इस विधि द्वारा न केवल उनकी ऊर्जा व प्रोटीन की पूर्ति होगी वरन् कुछ हद तक पचनीयता में भी बढ़ोत्तरी होगी। यहां यह बात ध्यान देने की है कि ऐसे चारे खिलाने से पशु को बिटामिन–ए की कमी महसूस हो सकती है। इस कमी को पूरा करने के लिए ऐसी सिफारिश की जाती हैं कि एक दुधारू पशु को कम से कम 2 या 3 कि. ग्रा. हरा चारा अवश्य मिलना चाहिए। वैसे तो सभी विटामिन जिस प्रकार हमारे शरीर के लिए आवश्यक हैं उसी प्रकार पशु के शरीर के लिए आवश्यक हैं। विटामिन–ए ऐसा विटामिन है जो कि गाय अथवा भैंस के हरे चरे में विद्यमान हरे तत्वों कैरोटीन से प्राप्त करने में समर्थ है। अन्य विटामिन ये पशु अपने शरीर में ही बना लेते हैं। इस प्रकार दो–तीन किलोग्राम हरा चारा खिलाने से पशुओं को विटामिन–ए की मात्रा समुचित रूप से मिल सकती हैं। इसके अतिरिक्त एक किलोग्राम दाना प्रति दो किलो दूध पर दिया जा सकता है। दाने को सस्ता और सन्तुलित बनाने के लिए कृषि उद्योग के उत्पादों का प्रयोग भी किया जा सकता है। नमक और खनिज लवण मिश्रण पर विशेष ध्यान देने की आवश्यकता है और प्रतिदिन 40 ग्राम साधारण नमक और 20 ग्राम खनिज मिश्रण देने से लाभ हो सकता है।

भैंसों की कुछ अन्य समस्याएं

कुछ ऐसी समस्यायें हैं जिन पर तुरन्त ध्यान देना आवश्यक है। एक तो इनमें गर्मी में आने का ठीक समय ज्ञान नहीं हो पाता इसलिए एक ब्यांत से दूसरे ब्यांत का समय बढ़ता है एक तरफ तो एक से डेढ़ वर्ष तक लगातार दूध देती रहती है और दूसरी तरफ एक अलग सूखा काल आता है जिसमें दूध नहीं देती। परन्तु खिलाई–पिलाई पर खर्चा होता रहता है। इन लक्षणों को ज्ञात करने के लिए यह आवश्यक है कि या तो बधिया किया गया भैसा समय–समय पर भैंस के पास लाया जाये और गर्मी के लक्षणों का सही पता करके समय से गाभिन कराया जाये। दूसरी समस्या पड्डे–पड्डियों में अधिक मृत्युदर का होना है। ऐसा देखा गया है कि भैंसों के पड्डे अपने जीवन में आरम्भिक काल में ही मर जाते हैं। इसका विशेष कारण यह है कि भैंस अधिकतर एक विशेष मौसम में

(अगस्त से फरवरी) तक ब्याती है और यह काल आमतौर पर वर्षा और शीत ऋतु का होता है। गाभिन अवस्था में सूखा चारा खाने से इनके दूध में विटामिन ए की कमी हो जाती है और विटामिन ए पशुओं में बीमारियों का सामना करने की सामर्थ्य देता है। बच्चे बीमारियों का सामना नहीं कर पाते और वे मर जाते है, इसलिए यह आवश्यक है कि विटामिन– ए की अतिरिक्त मात्रा इनको देनी चाहिए और ब्याने के बाद का दूध जिसमें कि बीमारियों से सामना करने की सामर्थ्य हो पर्याप्त मात्रा में अवश्य दें। एक और समस्या जो कि इन पशुओं में पायी जाती है वह है बीमारियों का प्रकोप। इसके लिए समय–समय पर डाक्टरी सलाह लेते रहें। बीमारियों से बचाव के टीके लगवायें तो इस समस्या का सामना आसानी से किया जा सकता है।

भैंस पालन व्यवसाय के लिए ऋण के साधन

कुछ समय पूर्व भैंस पालकों को ॠण लेने का केवल एकमात्र साधन गांव का साहूकार होता था। उसे जब भी धन की आवश्यकता होती थी तो वह साहूकार के पास ऋण लेने जाता था। साहूकार अपनी मनमानी ब्याज की दर पर ऋण देता था साथ में धरोहर के रूप में गहना, जमीन या मकान रखा लेता था साहूकार का व्यवहार उनके साथ बड़ी निर्दयता का होता था। इस प्रकार ऐसे भैंस पालकों की दशा बड़ी शोचनीय थी।

भारत सरकार ने पशु पालकों की दशा सुधारने तथा ऋण की सुविधायें देने हेतु सहकारी समितियाँ स्थापित की हैं। जहां से अब पशुपालकों को पशु खरीद अथवा चारा इत्यादि की खरीद के लिए सहकारी बैंकों से उचित राशि मिल सकती है। इसको लौटाने के लिए आसान किस्तों की सुविधा है। विशेष परिस्थितियों में इस ऋण की अवधि को बढ़ाया भी जा सकता है।

सहकारी बैंकों के अतिरिक्त अब सभी राष्ट्रीय बैंक पशुपालन के लिए गांव में ऋण देने की सुविधायें दे रहें हैं ताकि ऋण लेने तथा उसे लौटाने में देरी के कारण अधिक कठिनाई न हो। उनका ब्याज उचित होता है तथा ऋण देने से पहले जमानत भी देनी पड़ती है। लगभग सभी बैंक कृषि एवं पशुपालन उद्योग के लिए ऋण आदि को ज्यादा आसान बनाने के लिए परामर्शदाता रखे हुए हैं जो कि ऋण लेने वालों को परामर्श भी देते हैं।

सघन पशुधन विकास परियोजना में भी पशुपालन के विकास को प्रचलित करने के लिए ऋण लेने तथा वापिस करने का ज्ञान दिया जाता है। ऐसी प्रायोजनाएं हर दूध के कारखानों के क्षेत्रों में कार्यरत हैं तथा कुछ प्रान्तों में हर जिले के स्तर पर प्राप्त हैं।

दुग्ध तथा पशु विपणन

भैंस पालकों को दूध के अतिरिक्त पशु बेचने से भी अच्छी आय होती है। भैंस तथा अन्य पशुओं की अधिक बिक्री पशुओं की छोटी या बड़ी मंडियों से होती है जो कि अधिकतर किसी नदी या तीर्थ स्थान पर विशेष अवसर पर लगती रहती हैं। पशुओं की

बड़ी मंडियां प्रायः किसी न किसी बड़े धार्मिक मेले के साथ लगाई जाती थीं। परन्तु अब इनमें से कुछ मंडियां केवल व्यापारिक दृष्टि से लगाई जाती हैं।

कुछ छोटी मंडियां साप्ताहिक अथवा मासिक आधार पर लगती हैं। इन्हें आमतौर पर 'हाट' कहा जाता है। ऐसी मंडी किसी मंदिर के आंगन में या किसी नदी या सड़क के किनारे लगतीं हैं। पशुओं के बांधने के लिए कोई विशेष चुना हुआ स्थान नहीं होता। परन्तु वृक्षों के नीचे ही पशुओं की बिक्री के लिए बांध दिया जाता है। ऐसे स्थानों में पशुओं के पानी पीने के लिए कुंआ, बावली, नदी या जोहड़ समीप होता है। ऐसे हाट सप्ताह के किसी विशेष दिन सदा उसी विशेष जगह पर लगते हैं तथा इसमें आस–पास के 10-15 किलोमीटर की दूरी के गांव ही भाग लेते हैं।

वर्षा ऋतु में इन मंडियों में कोई अधिक बिक्री नहीं होती परन्तु सर्दियों में यहां अच्छा व्यापार हो जाता है। फसल के हिसाब से भी इन मंडियों में बिक्री घटती–बढ़ती रहती है जैसे कि फसल की कटाई के पश्चात् पशुपालक आनावश्यक पशु बेचते हैं। परन्तु नई फसल की आय के कारण आवश्यकता वाले लोग दूधारु भैंस लेने अधिक संख्या में आते हैं। ऐसी साप्ताहिक मंडिया अधिकतर क्षेत्र के ब्लाक समिति की ओर से या ठेकेदार की ओर से लगाई जाती हैं तथा इनमें अधिकतर बिक्री नगदी के रूप में होती हैं। परन्तु कई स्थान पर पशुओं का आपस में आदान–प्रदान भी होता है। हर पशु की बिक्री के ऊपर हाट की सफाई तथा देखरेख के लिए पशु बिक्री कर लगाया जाता है जो कि प्रायः दो प्रतिशत के लगभग होता है। कई स्थानों पर पशुओं के मंडी में प्रवेश होने पर कुछ फीस लगाई जाती है।

पशुओं का अधिक व्यापार बड़ी पशु मंडियों में या मेलों में होता है। इन मेलों में पशु दूर–दूर से तथा दूसरे प्रदेशों से भी व्यापार के लिए लाए जाते हैं। इस प्रकार के मेले अधिकतर वर्ष में एक बार या दो बार लगते हैं।

हरियाणा में हिसार, जीन्द, रोहतक, तथा भिवानी जिलों के मेले भैंसों के व्यापार के लिए प्रसिद्ध हैं। मेलों में पशु चिकित्सा का भी प्रबन्ध किया जाता है। हिसार में चौ. चरण सिंह कृषि विश्वविद्यालय प्रतिवर्ष कृषि मेले का आयोजन करता है, जिसमें पशुपालन विभाग तथा विश्वविद्यालय के उत्कृष्ट भैंसों का प्रदर्शन किया जाता है। केन्द्रीय भैंस अनुसंधान संस्थान, हिसार तथा राष्ट्रीय डेरी अनुसंधान संस्थान, करनाल भी प्रतिवर्ष भैंस मेला तथा पशु मेला का आयोजन करते है। इन मेलों में अच्छी भैंसों का मुकाबला कराया जाता है तथा अच्छी भैंसों के पशु पालकों को पुरस्कार प्रदान किया जाता है।

अच्छी भैंस कहां से खरीदें

एक नये भैंस पालक के लिए मुख्य प्रश्न यह उठता है कि अच्छी भैंस कहां से खरीदें तथा उसका उचित मूल्य क्या हो। भैंस खरीदने के लिए भैंस की नस्ल जिसे उपयोगी समझते हैं को उसके प्रजनन क्षेत्र अथवा जहाँ पर अधिक पाई जाती हैं उस राज्य के गांवों से खरीदना उचित रहता है। राज्य में होने वाले पशु मेले आमतौर पर पशुओं के

क्रय–विक्रय के लिए उपयुक्त स्थान हैं। इन सबके अलावा निम्नलिखित भी अच्छी भैंसों की प्राप्ति का केन्द्र हो सकते हैं।

1. राष्ट्रीय पशु अनुसंधान संस्थान, करनाल
2. केन्द्रीय भैंस अनुसंधान संस्थान, हिसार
3. पशु प्रजनन संगठन
4. निंजी फार्म
5. राजकीय डेरी फार्म
6. सहकारी डेरी फार्म जैसे कि नेशनल डेरी विकास बोर्ड, आनन्द तथा अमुल सहकारी दुग्ध उत्पादक संघ, खेड़ा, गुजरात।

हरियाणा में रोहतक, जीन्द, हिसार और इन शहरों के निकटवर्ती गाँवों में थोड़े–थोड़े समय के अन्तर पर पशु मेले आयोजित किए जाते हैं। इन मेलों में अच्छी किस्म की भैंसे खरीदी तथा बेची जाती हैं। रोहतक की डेरी मण्डियाँ भैंसों का व्यापार एक व्यवसाय के रूप में करती हैं। अनजान लोग जो कि भैंस डेरी व्यवसाय के लिए खरीदना चाहते हैं उनके लिए आवश्यक है कि किसी सहकारी संस्थान के विशेषज्ञ या किसी जान पहचान के व्यापारी से सहायता लें।

भैंस उत्पादन की संभावनाएं

भविष्य में भैंस से अधिक मात्रा में दूध और मांस की प्राप्ति की प्रचुर संभावनाएं हैं। प्रोजनी टैस्ट पद्धति तथा अधिक मात्रा में हिमकृत वीर्य का उपलब्ध होना, भैंस की नस्ल सुधार कार्यक्रम में अति लाभकारी सिद्ध होंगे। उपलब्ध चारे की गुणवत्ता में वृद्धि तथा सही–सही मात्रा में उपयोग भी भैंस की दुग्ध क्षमता में सुधार लाने की दिशा में सहायक सिद्ध होगा। उपचार तथा नई–नई दवाइयों की उपलब्धता स्वरूप भैंसों के कटड़ों और कटड़ियों में मृत्युदर के घटने की संभावना है। नई तकनीकों से भैंस की उत्पादक क्षमता उन्नत करने की अनेक संभावनए हैं। थनैला जैसे रोगों का सफल उपचार से दुग्ध उत्पादन की संभावनाएं ज्यादा हो गई हैं।

भैंस का मांस व्यवसाय में भी वृद्धि हुई है तथा नई अनेक संभावनाएं उभर कर आई हैं। भारत में भैंसे का मांस खाड़ी के देशों में निर्यात किया जा रहा है तथा भविष्य में भी इस निर्यात की संभावनाएं व्यक्त की जा रही हैं। बूचड़खानों या कसाईघरों का आधुनिकीकरण किया जा रह हैं। डेरा बस्सी (पंजाब), अलीगढ़ तथा हैदराबाद में अति आधुनिक बूचड़खाने स्थापित किये गये हैं। जहा पर भैंस के वध के पश्चात् मांस का शीत तापमान पर भंडारण तथा अन्य सुविधायें विकसित की गई हैं। भैंस के मांस की उपलब्धता तथा ग्राह्यता में भी वृद्धि हुई है। इस बात का अनुमान आंकडों से लगाया जा सकता है कि एशिया पैसिफिक क्षेत्र में मांस उत्पादन की औसत वृद्धि दर 6.03 प्रतिशत (1983–1993) रही जबकि विश्व भर के लिए यह अनुमान 2.8 प्रतिशत था। भारत में यह प्रतिशत 3.1 रहा। भारत में 1993 में भैंस से 1.18 मिलियन मीट्रिक टन मांस का उत्पादन हुआ। भारत में प्रति व्यक्ति मांस

की उपलब्धता 1985 में 4.11 किलोग्राम तथा 1993 में 4.46 किलोग्राम है।

भैंस में बोझा ढोने तथा भैंस के चमड़े के उपयोग में कमी आई है तथा भविष्य में भी यही क्रम चलने की सम्भावना है। ऐसा इसलिए हुआ कि जहां–जहां विकास होता जा रहा है पशु कार्य का स्थान आधुनिक मशीनों से लिया जा रहा है परन्तु अर्ध विकसित तथा पिछड़े प्रदेशों में भैंस का प्रयोग पशु कार्यों के लिए महत्वपूर्ण है। चमड़े के उपयोग में भी कमी आई है क्योंकि बनावटी चमड़े का उपयोग अधिक होता जा रहा है। रबड़ तथा रेक्सीन से बस्त्र और जूते बनाये जा रहे हैं जिनके लिए पहले भैंस का चमड़ा अत्यन्त उपयुक्त समझा जाता था। आजकल जूते चप्पल आदि एक विशेष किस्म के रबड़ (पी.वी. सी.) से बनाये जा रहे हैं जो कि चलने में मजबूत, हल्के तथा आरामदेह हैं। इसलिए भविष्य में चमड़े का उपयोग कुछ विशिष्ट कार्यों तक ही सीमित ही रह जायेगा।

यह हमारे लिए संतोष जनक बात रही है कि भैंस की भारतीय नस्लें दूध देने के लिए उत्तम रही हैं तथा भविष्य में भैंस के दुग्ध उत्पादन को ही प्राथमिकता रहेगी।

भारत के पड़ोसी देश जैसे थाईलैण्ड, फिलीपीन्स, चीन, मलेशिया इत्यादि जहां पर भैंस के नस्लें सिर्फ बोझा ढोने के लिए उपयुक्त हैं भविष्य में अधिकाधिक संख्या में भारत से उत्तम भैंसों का आयात दुग्ध उत्पादन के लिए करेगें। भारत की भैंसें इन देशों में नस्ल उत्थान कार्यक्रम में एक महत्वपूर्ण भूमिका निर्वाह करेंगी। भारत से भविष्य में अनेक ऐसे देश भी भैंसें का आयात करेंगे जहाँ पर अभी भैंसें प्रचलित नहीं है। क्योंकि कुछ ऐसे देशों (रोमानिया, बुल्गारिया, ब्राजील) के अनुभव आशा से अधिक सफल सिद्ध हुए है। पश्चिमी अमेरिकन देश ब्राजील में भैंस व्यवसाय एक उद्योग धन्धे का रूप ले रहा है तथा भारत से आयातित मुर्रा नस्ल की भैंसें वहां पर काफी लोकप्रिय हैं।

भारत से न केवल भैंसों का बल्कि भैंस के हिमशीतित वीर्य और भ्रूणों के निर्यात की भी भविष्य में प्रचुर सम्भावनाएं हैं। नये भैंस उत्पाद जैसे कि शुष्क दूध, विभिन्न प्रकार के चीज (पनीर), सासेज इत्यादि के निर्यात की भी भविष्य में बढ़ने की उम्मीद है।

सारांश में यह कहा जा सकता है कि भैंस भविष्य में न केवल एशिया का पशु होगा बल्कि विश्व के पशु पालन उद्योग की एक महत्वपूर्ण कड़ी बन जाएगा।

पश्चिमी देशों में जो स्थान होलस्टिन फ्रिजियन गायों ने प्राप्त किया है शायद भविष्य में वह भारत की मुर्रा भैंसों को प्राप्त हो। इसके लिए भैंस अनुसंधान और विकास कार्यों में तेजी लाने की बहुत आवश्यकता है। हिसार स्थित केन्द्रीय भैंस अनुसंधान संस्थान इस दिशा में सराहनीय और उत्साहवर्धक प्रयास कर रहा है। इस नई शताब्दी में भैंस के दम पर श्वेत क्रांति और भी अधिक उजली होगी और हम हर मुंह तक दूध पहुंचाने के अलावा पशुपालकों को खासा मुनाफा दिलाने में सक्षम होंगे। यही नहीं भैंस पालन द्वारा विदेशी मुद्रा भी अपेक्षाकृत अधिक प्राप्त होगी।